袁筱一 许钧 主编

Batouala

René Maran

霸都亚纳

［法］赫勒·马郎 著
李劼人 译

上海译文出版社

非洲法语文学:边界、历史与问题
——『非洲法语文学译丛』序

对于"非洲法语文学",我们可以有一个很简单的"望文生义"的解释,那就是来自非洲的作家用法语写成的文学作品的总和。即便这样的释义排除了早期非洲的法国殖民者翻译和编撰的非洲口头文学,例如在1828年出版的《塞内加尔沃洛夫族寓言故事》(*Fables sénégalises recueillies de l'Ouolof et mises en vers français*),这一文学的历史仍然可以向前追溯将近两百年的时间。1853年,混血的塞内加尔布瓦拉神父(L'abbé Boilat)完成了近五百页的《塞内加尔草图》(*Esquisses sénégalaises*),这部带有民族志意味的作品已经蕴含了非洲法语文学的萌芽,因为我们很快就会看到,从非虚构到虚构,从随笔到诗歌,从诗歌到小说,非洲法语文学很快就覆盖了几乎所有的体裁,并且再也不容"法国文学"忽视。

只是作品的诞生并不意味着一种独立的文学就此成立。事实上,非洲法语文学在上世纪五十年代末期进入"法语文学",只在《七星百科全书》(*Encyclopédie de la Pléiade*)的"法语文学卷"里占了差不多十几页。当然,这并不意味着进入"法语文学史"——在非洲法语文学还未对法语文学提出问题之前,"法语文学史"在某种意义上并不存在。瑞士的、加拿大的法语文学并不特别构成一个具有整体性的"法语文学"——就是非洲法语文学取得合法性的开始。然而有趣的是,七十年代由苏联高尔基世界文学研究所集体编撰,译成汉语逾五十万言的《非洲现代文学》中,非洲的法语文学却已经得到了较为详尽的描述,许多在20世纪七十年代之前的非洲法语作家都在该书中占有一定位置。或许就是所谓选择事实、判断事实,并且为读者提供何种角度,从而"激励去发现在每一个历史背后的合理性"[1]的问题。将两个在时间上相距不远的文学史书写事件联系在一起让我们清楚地看到,因为并非民族文学的产物,时时处在变化之中的非洲法语文学在要求得到合法性定义的过程中,也对此前建立在民族或者国别文学之上的"世界文学"的合法性不断发起冲击,呼唤另一种阅读、审视与书写世界文学的模式。

我们对于非洲法语文学的翻译与研究也寄身在这一背景之中。因此,在"非洲法语文学译丛"出版之际,我们觉得有必要首先对大多数中国读者并不熟悉的非洲法语文学的地理边界、历史及其所包含的问题做出界定和说明。

一、模糊的边界:非洲的还是法语的?

高尔基世界文学研究所的《非洲现代文学》选择了国别文学这一在上世纪颇为流行的"外国"文学史的做法,这就使得非洲法语文学作品散落在不同国家或者地区的文学里,尤其是北非以及西非,例如阿尔及利亚、摩洛哥、突尼斯,或者塞内加尔、马里、象牙海岸(今译科特迪瓦)等。或许这一做法有效地避开了非洲法语文学的地理边界问题,同时也彰显了编撰者的批评立场,即并不将非洲法语文学当作一个整体来对待。

---

[1]. 海登·怀特著、罗伯特·多兰编,《叙事的虚构性:有关历史、文学和理论的论文(1957—2007)》,马丽莉、马云、孙晶妹译,南京大学出版社,2019年版,第73页。

由是，列奥波尔德·塞达·桑戈尔（Léopold Sédar Senghor）是塞内加尔的作家，波里·哈苏梅（Paul Hazoumé）是达荷美的（即今天的贝宁），沙尔·诺康（Charles Zegoua Nokan）是象牙海岸的，等等。他们越过了"法语"这一语言和文化的边界，从属于更大的非洲文学。

首先突出非洲法语文学中的非洲属性，当然是一种选择。这是我们熟悉的，假设为稳定的地理边界。只是这一选择暗含着一个命题，即非洲法语文学与非洲英语文学、非洲豪萨语文学或非洲斯瓦希里语文学是并列的、同质的，并且一旦形成，从此就可以形成传统，像我们熟悉的国别文学一样代代相传，然而我们都清楚，事实并非如此。即便与非洲法语文学的另一个"法语的"文化属性相比，或许这一地理属性也并非我们想当然的那么稳定。其不稳定性主要源于两点：首先是因为始于15世纪中叶的奴隶贸易早就使得文化意义上的非洲溢出了地理边界上的非洲；其次则在于，正如李安山在《非洲现代史》一书中指出的那样，"将非洲作为一个整体进行分析并不科学[1]"，因为殖民的原因，"非洲是国家最多的大陆"，非洲各国在人口、宗教信仰、语言文化、经济发展以及独立的历史进程等方面千差万别。第一点导致了文学地理意义上的非洲毫无疑问大于政治地理意义上的非洲：除了非洲大陆21个用法语作为官方语言的国家，6个将法语视作通用语言的国家之外，加勒比地区因其与法国之间千丝万缕的关系，也仍

---

1. 李安山著，《非洲现代史》，华东师范大学出版社，2021年，前言，第5页。

然是欧洲和北美洲之外盛产法语文学的地区。第二点则使得哪怕在地理上同属于非洲大陆，甚至同属于非洲大陆的同一板块，例如北非地区，在法语文学方面的产出也是极不均衡的。《非洲现代文学》的章节划分极为清晰地反映了这一不平衡性。非洲法语文学主要散落在五章的内容中，北非的阿尔及利亚、摩洛哥和突尼斯均独立成章，塞内加尔、象牙海岸、几内亚、达荷美、喀麦隆、刚果（布）、马里和中非共和国则共同构成西非一章，另外还有单独成章的马达加斯加（1975年之前为马尔加什共和国），其他法语国家和地区则未有涉及。高尔基世界文学研究所的做法显然有置身该文学之外的"外国文学"研究的立场，但是，值得一提的是，1990年，法国著名的非洲文学学者雅克·谢夫里埃（Jacques Chevrier）的研究著述《非洲文学：历史与主题》(*Littérature africaine: Histoire et grands thèmes*) 也采取了类似视角，将非洲法语文学与非洲英语文学并置，虽然非洲英语文学在该书中只占有百分之十的篇幅[1]。

与突出非洲属性相对的，则是突出法语属性的另一种立场。这一立场打破了地理的边界，倾向于区分"黑非洲"与北非马格里布地区，在早期的法国文学史书写中，"黑非洲"的法语文学通常还会因其起始阶段的"黑人性"运动容纳进加勒比的塞泽尔（Aimé Césaire）或是达马斯（Léon

---

[1]. 参见米歇尔·奥塞尔（Michel Hausser）、马丁·马修（Martine Mathieu）著，《法语文学 III·黑非洲与印度洋卷》(*Littératures francophones III. Afrique noire, Océan Indien*)，贝林出版社（Belin），1994年，第10页。

Damas)。《法语文学 III·黑非洲与印度洋卷》(*Littératures francophones III. Afrique noire, Océan Indien*)为我们列出了一系列相关的指称：1974 年，出版了雅克·谢夫里埃的《黑人文学》(*Littérautre nègre*)，将安的列斯群岛（海地以及仍然属于法国海外省的马提尼克和瓜德罗普）、非洲和马达加斯加的法语文学统统囊括在内；1976 年，罗伯特·科尔纳凡（Robert Conevin）出版了《黑非洲法语文学》(*Littératures d'Afrique noire de langue française*)，标题中的"文学"采用了复数形式，分国家论述"黑非洲法语文学"，也以此赋予了复数形式以合理的解释；1980 年，刚果小说家和教授马库塔-姆布库（Makouta-Mboukou）所著的《黑非洲法语小说导论》(*Introduction à l'étude du roman négro-africain de langue française*)又恢复了法语小说的单数形式，认为黑非洲的法语小说事关"一种"新的、特别的文学；1985 年，则出版了《1945 年以来的法语文学》，从而将黑非洲法语文学视为包括瑞士法语文学、比利时法语文学甚至是犹太法语文学——例如我们会想起 2004 年凭借《法兰西组曲》的遗稿获得雷诺多文学奖（Renaudot）的内米洛夫斯基——的法语文学的一部分[1]……

无论是法语在前，还是非洲在前，都不能解决异质、多元和不平衡的非洲法语文学所带来的矛盾。倘若我们把整体性的问题放在一边，只取地理的维度，倒也并不是说不清楚。这一

---

1. 参见米歇尔·奥塞尔、马丁·马修著，《法语文学 III·黑非洲与印度洋卷》，贝林出版社，1994 年，第 10—11 页。

有别于瑞士、比利时或者加拿大的法语文学，主要关乎四块地方：其一是"黑非洲"（即撒哈拉沙漠以南地区）的法语地区，李安山所谓的"西非板块"，是法国或者比利时在西非的旧时殖民地；第二块则是北非的法语地区，也称马格里布地区；第三块则是印度洋的岛屿，包括马达加斯加、毛里求斯和留尼汪；最后一块则在地球另一端的加勒比地区，包括安的列斯群岛和圭亚那。诚然，加勒比不属于地理意义上的"非洲"，但源于15世纪中叶的奴隶贸易却将这块地域与法语文学和文化联系了起来，并且成为最早的"黑非洲"文学的发生地。

　　加勒比几乎是一个象征，预示着非洲法语文学作者们流散的命运。因为奴隶贸易、殖民以及后殖民时代的到来，留下的和出发的几乎随时可以发生变化，非洲法语文学作者们的唯一共同点只在于，无论是20世纪初离开马提尼克来到巴黎，最后又回到马提尼克的塞泽尔，还是在2024年才辞世不久、从瓜德罗普来到法国，继而前往非洲、在美国执教，最后回到法国和瓜德罗普的玛丽斯·孔戴（Maryse Condé），非洲法语文学的作家们都会在法国或者法语文化的时空下或会聚，或交错。以至于在21世纪的今天，勾勒非洲法语文学的边界似乎是一件不可能的事情。因为即便从地域上廓清了非洲法语文学，我们仍然可以追问无穷多的问题：例如如何定义非洲法语文学作者的身份？肤色吗？国籍吗？出生在阿尔及利亚、小说的背景亦会根植于阿尔及利亚的加缪属于非洲法语文学的作者吗？或者，在法国出生、长大，却时不时会回到"非洲主题"

的玛丽·恩迪亚耶（Marie NDiaye）属于非洲法语文学吗？更困扰我们的可能是，"黑人性"运动无疑奠定了非洲法语文学渐渐成为一个整体的基础，但是，来自至今仍然是法国海外省的马提尼克的塞泽尔是"非洲"法语文学的作者吗？如果塞泽尔是，那么，声称自己就是法国人，并且提出了"克里奥尔化"概念的爱德华·格里桑（Édouard Glissant）是"非洲"法语文学的作者吗？

二、非洲法语文学的历史与现状

脱离了历史，非洲法语文学的地理边界在某种程度上并没有太大的说服力。

作者来自非洲的或是与非洲相关的，用法语写成的，隐含着"黑人"种族（或者本土居民的）以及由此带来的一系列问题——无论地点是在哪里，欧洲、美洲或者非洲——这是对非洲法语文学的较为宽泛的界定。

如果我们同意这样一种界定，非洲法语文学在不同地区或者国家出现的时间当然也是不同的。开始较早的是加勒比地区：海地的第一部法语小说在1859年就已经出现，是埃梅里克·贝尔若（Émeric Bergeaud）的遗作《斯黛拉》（*Stella*），在当时海地独立斗争的背景下，小说号召黑人和混血儿联合起来共同抵抗法国的殖民压迫。但是海地的法语诗歌创作则开始得更早，并且在很长时间都是加勒比地区法语文学的主流体裁，虽然因为诗歌创作的场景往往比较分散，很难说清楚第一首用法语创作的诗歌究竟创作于何时[1]。而西非早期由黑人创作的"文学作品"则较早也可以追溯到1850年,"塞内加尔当地人"列奥博尔德·帕奈(Léopold Panet)发表在《殖民杂志》(Revue Coloniale)上的一篇游记《乘坐"莫加多号"赴塞内加尔的一次旅行》[2]。

然而在19世纪,这些零星的、没有后续的法语文学却并不能形成一个具有整体意义的"非洲法语文学"。当时这些地区的被殖民处境也制约了非洲法语文学的发展,从而让具有萌芽性质的作品只是被当成法国文学极为边缘的一部分来看待,其价值取决于法国读者对于"异国情调"的趣味。对于文学史家来说,这个问题转化为另一个:"非洲法语文学"的源头究竟在于非洲文学呢,还是在于法语文学?在于非洲的口头文学,例如游吟诗人、非洲戏剧,甚至宗教意义上的艺术表演,还是在于已经发展到浪漫主义和现实主义的法国文学?《法语文学III·黑非洲与印度洋卷》的作者指出,"有些人试图在842年的《斯特拉斯堡宣言》中追溯非洲法语文学的诞生",

---

1. 克里斯蒂娜·恩迪亚耶(Christiane Ndiaye)主编的《法语文学导论》(Introduction aux littératures francophones)一书中,茹贝尔·萨迪尔(Joubert Satyre)在《加勒比》一章中提到,海地最早的法语诗歌或许可以追溯到1749年,杜维维埃·德·拉玛奥提埃(Duvivier de la Mahotière)的《离开平原的幼鲭》(Lisette quitté la plaine),但该诗的语言并不是严格意义上的法语,而是加勒比当时已经渐渐形成的另一种杂糅了法语、英语和当地语言的克里奥尔语。具体可参见克里斯蒂娜·恩迪亚耶著,《法语文学导论》,第167页。
2. 参见罗伯特·科尔纳凡(Robert Cornevin)著,《黑非洲法语文学》(Littératures d'Afrique noire de langue française),法国大学出版社(PUF),1976年,第109页。

但是另一方面，在1808年，格雷瓜尔神父（L'abbé Grégoire）就已经用《黑人的文学》来证明非洲法语文学更为深刻，并且有别于法国法语文学的传统[1]。

到了20世纪初期，已经有一些重要的作品出现，显示出非洲法语文学发展的潜力。例如赫勒·马郎（René Maran）被冠之以"一部真正的黑人小说"的《霸都亚纳》(*Batouala*)。这部小说得到了1921年的龚古尔文学奖，在法国也算是轰动一时。只是在非洲法语文学的合法性尚未得到承认的时候，作者的声音也没有得到更加全面的理解。马郎期待着"从此之后，只要我开口就没人再敢提高嗓门"，然而他却陷入了困境，因为他的作品尽管非常温和，但"对于他揭露的体制而言是难以忍受的"[2]。

暂时搁置这一矛盾需要等到20世纪三十年代的"黑人性"运动，两种源头真正地汇聚在一起。黑人大学生从与非洲相关的各个地方来到巴黎。在19世纪末美国黑人文化复兴运动的影响下，来自加勒比和西非的黑人大学生找到了写作的一致目标：复兴黑人文化，提升黑人文化的价值，以此来反对甚嚣尘上的种族歧视。埃梅·塞泽尔1935年在《黑色大学生》杂志中率先创造了"黑人性"一词。到了三十年代末，桑戈尔对"黑人性"做出了回应。《阴影之歌》(*Chants d'ombre*)

---

[1]. 参见米歇尔·奥塞尔、马丁·马修著，《法语文学III·黑非洲与印度洋卷》，贝林出版社，1994年，第17页。

[2]. 阿明·马鲁夫（Amin Maalouf）著，《赫勒·马郎或先驱者的困境》，《霸都亚纳》2021年版序言，阿尔班·米歇尔出版社（Albin Michel），2021年，第13页。

的诗集中，出现了"黑人性"(《愿科拉琴和巴拉丰木琴为我伴奏》[Que m'accompagne kôras et balafong])，但是更重要的是，出现了无数与白色相对的"黑色"的意象：黑色的森林、黑色肌肤，是"白皙的双手""摧毁帝国""使我陷入仇恨和孤独"(《巴黎落雪》[Neige sur Paris])。团结在一起发出的声音不再如当年的马郎一般孤单，在当时的环境下，也争取到了巴黎主流文学界的同情。

如果说对于"非洲法语文学"的定义始终模糊，大家在这一指称上达成的重要共识的时间却是清晰的：诗人们发起的"黑人性"运动成为"非洲法语文学"的开端。正是因为其模糊性，"黑人性"这样一个同时具有政治性和文化性的概念暂时弥合了来自不同地方的黑人大学生之间的分歧；而一部分欧洲知识分子，面对即将陷入战争或已经陷入战争或才走出战争的法国与欧洲，也开始反思所谓进步的文明。从20世纪三十年代末到四十年代，"黑人性"运动的领袖们都围绕着马郎开了头的"黑人"的话题，完成了一系列的重要作品，例如塞泽尔在1939年首先发表在杂志上，后来五十年代才在非洲存在出版社出版的《还乡笔记》(Cahier d'un retour au pays natal)；同样写作于三十年代末的桑戈尔的《阴影之歌》等等。四十年代末，"黑人性"运动的创作达到了高峰。1947年，达马斯在法国瑟伊出版社（Seuil）出版了他的《法语诗集》。第二年，桑戈尔也在法国大学出版社出版了著名的《黑人和马达加斯加法语新诗选》。尤其是后者，因为萨特的加持，取得了极大的成功。在《黑色的俄耳甫斯》一文中，萨特为到目前为止只停留在文学意象上的"黑人性"给出了一个比较清晰的解释，即"黑人思想和行为中共有的某种品质"。这篇堪称"黑人性"宣言的序言让黑非洲的诗人们聚集在了同一面旗帜下。

因而，这一代诗人虽然日后同样饱受争议，但是他们却奠定了非洲法语文学的基础。从此，被攻击也罢，被拿来暂时做一面斗争的旗帜也罢，非洲法语文学总算有了成为一个整体的理据，开始拥有自己的历史。而历史一旦揭开序幕，就必有后来。从"黑人性"运动到20世纪七十年代各国的独立战争陆续发生并渐渐告一段落，反殖民的话题成为非洲法语文学第二个阶段的共同核心，顺利地将非洲法语文学的历史延续了下来。文学作为一种证词，记录下被殖民的历史，或是在独立战争期间的现实。正是在赋予自身明确任务，并且对共同需要面对的黑人的命运进行思考的过程中，非洲法语文学没有因为当初的"黑人性"运动的领袖的离散而消失：塞泽尔回到了马提尼克，桑戈尔成了独立之后的塞内加尔共和国的第一任总统，达马斯也在法属圭亚那、法国和美国之间奔波，但是无论在哪里看到的现实，黑人一样免不了悲惨命运。文学必须要做出解释，甚至为黑人、为被压迫的人寻求解放的道路。出生于马提尼克，在巴黎完成精神分析博士学业，后来成为阿尔及利亚医院的精神分析科负责人的弗朗茨·法农（Frantz Fanon）宣称作家"注定要进入他的人民的内心"，或许比此前的第一代非洲法语文学的作者们更清晰地昭示了非洲法语文学的独特使命。

但独立之后的非洲法语文学的命运又将如何呢？殖民毫

无疑问已经被宣判为非正义的以及"政治不正确的",这是否预示着非洲法语文学的共同目标已经得到了解决？只是诚然如我们所看到的那样,在很多非洲国家,独立战争带来的是幻灭。依然是如《法语文学III·黑非洲与印度洋卷》所言,"(非洲法语文学的)未来取决于非洲的法语——或者加勒比的法语——以及法语在非洲的发展与命运,取决于当地语言的命运,取决于图书市场,取决于(新)媒体的扩展与变化"[1]。变化已经产生,写作者个体的命运和足迹不尽相同,他们表述非洲和非洲人的方式也不尽相同,很难再用统一的发展逻辑加以概述。唯一可以加以简要说明的是,在上世纪末到今天的近半个世纪的时间里,随着后殖民时代的到来,非洲法语文学在不断产生新的问题,并且试图从不同角度回答这些问题。非洲法语文学作者的流散不仅没有导致非洲法语文学的死亡,相反,因为其共同的两个源头——"非洲的"和"法语的"——的不断碰撞,总是在激起新的思考,呼唤新的写作方式。对于出生在法国的非裔作家而言,他们拥有第一代写作者的"他者"目光,他们笔下的"自我"和"他者"完全是颠覆性的;加勒比的法语作者们借助法国思想家的理论思考,提出了杂糅的"克里奥尔化"的概念,从"他者"与"自我"不断共生的角度论证了自身所属的文化未来,而不再只是从一味维护和伸张"黑人性"和"非洲性"的角度出发;而出生于非洲的法语写作者

---

1. 参见米歇尔·奥塞尔、马丁·马修著,《法语文学III·黑非洲与印度洋卷》,贝林出版社,1994年,第131页。括弧内的文字为作者所加。

们与"法语的"语言和文化之间的关系也发生了巨大的变化。新一代的写作者几乎都拒绝了这样或者那样的标签，但在写作的时候都加强了"与非洲相关"这一源头性因素，使之重复出现在读者、媒体和批评界的眼前，因而也在不断提醒非洲法语文学的存在。

三、非洲法语文学的重大主题与理解当代世界的别样角度

非洲法语文学之所以能够作为"一种"文学（*une* littérature）存在，或者说，一种复数的、随时都在变化的文学（une littérature plurielle, changeante）存在，其根本并不在于写作者毋庸置疑的身份（例如国籍、出生地甚至种族），也不在于已经发展了数个世纪、传统被一再定义、一再被经典化的文化，而是在于这些来自世界各地、在精神上将非洲认作故乡的写作者们书写的经验都围绕同样的问题展开。我们能够清晰地认出这些尤其属于——但并不是只属于——非洲文学的问题：历史、身份、性别、文化杂糅……如果我们将"黑人性"运动理解为非洲法语文学的开端，也就不难理解，作为殖民的产物，非洲法语文学与世界化的背景密切关联。一切都是从移动开始的：殖民，被殖民，殖民后。有主动的出击与侵占，也有被动的出走与回归——以及无法回归。是移动带来了身份问题，也是移动使得新一代的作者有了重新思考不同的性别、种族和文化实体之间权利差异的问题，是移动打破了文化的固有边界，产生了文化的杂糅，以碎片的方式而不是以"教化"或者征服

的方式渗透在我们生活的方方面面……

在非洲法语文学的不同阶段，这些问题会呈现出不同的面貌。非洲法语文学中有永远的"异乡人"，回到非洲的法国人是"异乡人"，在法国的黑人也是"异乡人"，甚至去到非洲寻根的加勒比人也是"异乡人"。当塞泽尔写道，"他们不知远游只知背井离乡／他们越发灵活地卑躬屈膝／他们被驯化被基督教化／他们被接种了退化堕落……"，叙事者毫不犹豫地用了"他们"这样的第三人称。当《三个折不断的女人》(*Trois femmes puissantes*) 中的诺拉 (Nora) 来到父亲所在的塞内加尔，"有点讲不清父亲家究竟住在什么地方"，因为"她只知道大概的地址，街区的名字，E区，但二十年来那里建起了那么多幢别墅，她又没怎么去过"，在"她又一次让出租车司机迷失了方向"的时候，在突然来到的丈夫和孩子面前，她感到了茫然和尴尬，因为她觉得或许丈夫会认为，父亲的产业和房子都是她编造出来的。此时，她是和丈夫一样的异乡人，甚至比丈夫——因为无法感受所谓的"异国情调"——更加难以忍受非洲绚烂的凤凰木的腐烂味道。在孔戴笔下，来自安的列斯群岛的维罗妮卡 (Veronica) 作为一个冷静甚至有点冷酷的叙事者出现在《等待幸福》(*Heremakhonon*) 里的非洲时，她生动地诠释了法农在《大地上受苦受难的人们》中道出的那句话："黑人正在从地球上消失……没有完全相同的两种文化"。

与身份或者种族所提出的权力问题相伴相生的，自然还有性别的问题。所有的非洲法语文学写作者几乎都是女性主义者，无关乎写作者是男是女，如果我们把女性主义者理解为格外关注女性的命运以及她们所背负的沉重历史与现时，那么，让女性开口说话，就像第一代作者要让失声的黑人开口说话一样，是非洲法语文学的写作者赋予自身的另一重要使命。即便不像孔戴那样，直接借《薄如晨曦》(*Moi, Tituba, sorcière...Noire de Salem*)里的人物之口道出"男人不爱。他们占有。他们征服"的残酷事实，不得不屈服于非洲传统以及西方的双重父权话语中的女性一向是非洲法语文学写作者——尤其是北非的女性写作者——最喜欢书写的对象。女性或为叙事者，或为第一人称的人物，共同承担起探寻女性过去、现在和未来命运的责任。也正是这些不同时代的非洲法语文学作品告诉我们，女性问题的复杂之处就在于，性别不平等的问题并非像我们开始时所想象的那样，能够通过接受教育，通过站在民族解放、站在种族平等事业的一线，通过奋起反抗就解决了的。奴役并非形式上或者制度上的问题，它一旦进入历史的恶性循环，就会深入意识，就会成为永远在流动着的枷锁。

对于历史真相的追寻和确立，同样是非洲法语文学试图完成的任务之一：如何重建非洲大陆在一次次被侵略的过程中渐渐破碎的文明？或许，最直接的方法就是依靠想象，或者历史的材料还原曾经的、复数的历史真相，恢复在历史断裂之前曾经一体过的——这也同样是一种想象——共同体。我们并不奇怪非洲法语文学中为什么会充满暴力与战争：大到屠杀和各种形式的战争，小到各种宗教的、文化的、个人的冲突。战争可以发生在殖民者与被殖民者之间，但是随着时间的推移，战争在表面上更多地发生在同胞之间。独立或者不独立都不足以避开战争。《裂隙河》(*La Lézarde*)里的塔埃勒(Thaël)离开家，往山下去，他还不知道，有一场刺杀的任务在等着他。殖民者虽然不得不撤离，但是想要派驻一个他们的代表，来管理已经成为殖民宗主国海外省的朗布里亚纳，仍然变相地维护他们的殖民渗透。代表是一个和塔埃勒一样的当地人，是塔埃勒的同胞，也是人民的叛徒。但这样的一个变节者被刺杀了，却不足以保证构建一个和平、繁荣以及理想的、同质的共同体，因为代表甚至连一个象征都算不上。历史的问题因而也与记忆的问题连接在了一起。伸张书写和评价历史的权利，以"复数"的形式强调记忆的正义性，以"小人物"的个人记忆反抗集体记忆的尝试，这恰恰就是包括非洲法语文学在内的文学"复数"之所在。正如意大利思想家安东尼奥·葛兰西(Antonio Francesco Gramsci)所指出的那样，历史的异质性得到充分实现的条件就是人民大众将为统治阶级服务的价值观内化为自己的价值观[1]。而非洲法语文学便是被唤起的，对于统一的、主流的、殖民性的价值观的反抗形式之一，它必然以异质的面貌出现。

而这一切，仅仅和非洲相关吗？或许，"法语的"这一我们曾经一度认为——法国文学也曾经如此认为——更为重要的

---

1. 转引自伊夫·克拉瓦隆(Yves Clavaron)著，《法语地区，后殖民与世界化》(*Francophonie, postcolonialisme et mondialisation*)，加尔尼埃出版社(Granier)，2018年，第141页。

属性，最终只是为了直接对话，让更多的人听到，从而为了更牢固地成为世界文学的一部分而已。

让更多的人听到和理解，让更多的人能够借助对"他者"的理解来丰富对自身的、对自身所处的世界的理解，这也是"非洲法语文学翻译与研究"计划的初衷。对于中国的大多数读者而言，非洲法语文学还是一个陌生的存在。而它的复杂性和多元性也的确为我们快速地理解，继而进入这一新兴的、不过百年历史的文学设置了重重障碍。让大家能够对非洲法语文学的发生，对其过去和现在有初步的感受，是我们决定策划、编选"非洲法语文学译丛"的最根本的想法。因此，我们选择了较为宽泛的非洲法语文学的定义。而我们的出发点也更倾向于历史，而非地理意义的非洲大陆；更倾向于作品，而非作者的身份。因为我们相信，相较于国家与语言边界相对固定的民族文学，非洲法语文学更是开放的，处在时时的变化之中的。但这也正是它的魅力所在。

"非洲法语文学译丛"第一辑共收录六部作品。其中三部是非洲法语文学源头性的作品，分别是圭亚那作家赫勒·马郎的《霸都亚纳》、马提尼克作家埃梅·塞泽尔的《还乡笔记》和塞内加尔诗人、总统桑戈尔的诗集。马提尼克的爱德华·格里桑的《裂隙河》写于1958年，获得了当年的雷诺多文学奖，相较于非洲大陆同一时期的作品，或许它更能够反映在上世纪的五六十年代，即将步入纷繁、复杂后殖民世界的非洲社会的重重矛盾。我们还选入了更为当代的两部作品：来自摩洛哥的本·杰伦（Tahar Ben Jelloun）的《沙的孩子》（*L'enfant de Sable*）以及法国作家玛丽·恩迪亚耶的《三个折不断的女人》。虽然它们还远远不能反映复数的非洲法语文学的全貌，但希望读者能够从中窥得一两分非洲法语文学的意思。

  需要感谢国家社科基金重大项目"非洲法语文学翻译与研究"的团队，也要感谢上海译文出版社的慧眼识珠与鼎力支持。非洲法语文学的作品是挑战阅读舒适区，同时也挑战读者已有的知识体系的作品。它是鲜活的，跳跃的，也是充满趣味和力量的。无论是在一百年前，还是在今天，非洲法语文学的写作者们都不会将既有的写作成规放在眼里。在所谓人工智能大行其道的今天，或许，它也是最不"人工"的作品之一。这应该算是非洲法语文学对世界文学另一个出其不意的贡献吧。

袁筱一

2024 年 6 月 15 日凌晨

我把这本书献给我的挚友马诺埃尔·加意斯托

目　录

赫勒·马郎或先驱者的两难处境 …………………… 001
原　序 ………………………………………………… 001

第一章　迦西内外的晨景　黑人的哲学思想狗与家畜…… 001
第二章　耶西敢稼伺候他早餐　白种人真可诧异　林卡
　　　　的传语　可爱的少年——比西宾纪走来了……… 012
第三章　耶西敢稼与印度乌拉的舌战　董窝罗的声势
　　　　暴雨后…………………………………………… 025
第四章　大家都来赴喀亨扎佳节　黑人的白人观
　　　　霸都亚纳的反抗精神与他父亲的消极论……… 034
第五章　喀亨扎之来与舞　此之谓割礼　此之谓爱情舞
　　　　耶西敢稼利用机会失败了！一哄而散——司令官
　　　　回来了呀！……………………………………… 046
第六章　爸爸死了　爸爸的葬仪　霸都亚纳复仇的
　　　　计划……………………………………………… 059
第七章　两个情人的幽会　耶西敢稼用危言来恐恶
　　　　比西宾纪与之偕逃……………………………… 070
第八章　比西宾纪在黑夜的路上　还是他杀霸都亚纳
　　　　或是霸都亚纳杀他……………………………… 080

第九章　比西宾纪，你好险啦！黑人的神话——日，月，
　　　　星辰，善神，恶神，瞌睡神……………… 086
第十章　猎场上　霸都亚纳说狮子生活，比西宾纪说
　　　　白种人猎象遭殃……………………………… 095
第十一章　猎前娱的乐　豹子霸都亚纳倒下了……… 104
第十二章　临命时的报复…………………………… 111

翻译霸都亚纳以后………………………………… 119

赫勒·马郎或先驱者的两难处境

阿敏·马卢夫

名叫欧内斯特·海明威的《多伦多星报》驻巴黎通讯记者在 1922 年 3 月刊发的文章中和读者分享了一个大事件，过去连续数月间法国因此事分裂成对峙的两派：赫勒·马郎，一个黑人作家破天荒地在人类历史上赢得了龚古尔奖，而他的获奖小说头一遭对殖民行为发起了激烈控诉。由此陷入舆论的漩涡，有人反对，有人谴责，也有人颂扬。在众议院，某些议员慷慨陈词，认为获奖作家是"忘恩负义之徒"。但也出现了不同声音，呼吁大众首先应关注文学作品本身，因为《霸都亚纳》是部伟大的小说，正如后来的诺贝尔文学奖获得者所说。"至于作家本人，他完全不知道自己的作品掀起了风暴。他在中非地区为法国政府工作，距离乍得湖有两天的步行路程，距离巴黎有七十天的行程。他所在的地方没有电报局也没有电缆，他甚至不知道自己的小说拿下了久负盛名的龚古尔奖。"

海明威的说辞有夸张之嫌。获奖者的姓名是 1921 年 12 月 14 日周三那天在德鲁昂饭店公布的，而马郎周五便通过一份无线电报获悉了喜讯。可以从他的书信中确认这点，眼前面临的事，他既感到高兴又诚惶诚恐。"我精疲力竭，还得了疟疾，我累得病倒了。而喜悦又进一步将我扼杀……"

这种反应，显然只会被认为矫情。所有人更愿意相信，获奖作家正品味着胜利的果实，全然没料到会有旷日持久的论战。在随后写给友人的信中,字里行间透露出,他期望文学上的成功能终结他的烦恼。既然文学界力挺他,那反对者就该缴械投降,接受结论。"从今往后我说话的时候,没人胆敢拔高嗓门。"

但事态并没有这样发展。那些本来就因为马郎攻击殖民政策而讨厌他的人,他们的反应越发过激,因为马郎的小说得了奖,有更多的读者看他的书。马郎的声音陡然更加正当了,更加中听了,对于殖民政策的支持者而言,反倒越发不能容忍了。

1887年11月,赫勒·马郎生于马提尼克岛,父母来自圭亚那,他的童年和青少年都是在波尔多一家寄宿学校度过的,及至二十二岁,他开启了平行职业生涯,作家以及非洲殖民政府的公务员。他希望两条人生路相辅相成,但之后证明无法协调。《霸都亚纳》的命运淋漓尽致地体现了这点。

在作家的构想中,他的作品基于两个基本的平衡点:小说主体中,非洲村庄的人类学观察和主角的爱恨情仇故事之间保持了微妙的剂量平衡;而序言中,那个平衡更加难以维持,一方面是宣称对法国保有百分百的忠诚——忠于这个国家、它的历史、它的语言、它的价值观,另一方面又无情批判殖民地上的行径。所有这些元素混杂在一起,互相对立,互相呼应,成就了《霸都亚纳》这样一部厚重、新颖、恢宏的作品。作家或许指望在龚古尔奖的加持下,能够围绕《霸都亚纳》达成某种一致;即便退而求其次,也可以赞同他的某些议题,或至少认可他的文学造诣和知识分子操守。

但反对者不会善罢甘休。他们选择无视马郎的爱国主义情怀,无视他的空想计划,只盯着小说中对法国"忘恩负义"的指控。

马郎或许太过天真,他竟然指望会有不同的反应。20世纪初始,他在法属赤道非洲[1]定居下来时,有一个信念鼓舞着他——要让法国殖民统治脱离暴行和报复,回归"传播文明"的初心——在他看来这合情合理,他或许想着有朝一日全世界都能团结起来。时至今日,我们知道这只是骗人的诱饵;但不乏可敬可佩之士当初曾坚信这种进步,甚至为此献出了一生。这些梦想家中最名声卓著的便是皮埃尔·萨沃尼昂·德·布拉柴[2],马郎及其家人都对他怀有无限敬意。

这位意大利贵族之所以名留青史,主要是因为他是法国殖民帝国的缔造者之一。但他和其他探险家不同,他有自己的理想。他坚信人类之间存在着手足情谊,他要捍卫非洲大陆的居民,和他们一同对抗企图掠夺非洲的欧洲公司以及热衷侮辱非洲人的欧洲统治者。然而,他每采取一步行动,便有反对者给

---

1. 1910年到1959年期间法国在非洲中部的殖民地联邦政权。疆域范围从刚果河向北延伸到撒哈拉沙漠。主要包括四部分,大致相当于现在的加蓬、刚果共和国、中非共和国和乍得。总督设在布拉柴维尔。
2. 皮埃尔·萨沃尼昂·德·布拉柴(1852—1905),法国探险家,率探险队为法国开辟了通向刚果河右岸的通路。

他使绊子，泼他脏水，破坏他努力搭建起来的沟通桥梁。1905年，他满怀失落和愤怒离开了人世，鉴于殖民团体对他憎恶至极，现在很多人认为他一定是被毒死的。

非洲人在和布拉柴有过初次接触之后便明白此人和其他探险家、官员并非一丘之貉。这种印象持续至今。及至非洲各国纷纷宣布独立，他们立马替城市改名换姓，不再有利奥波德维尔[1]、斯坦利维尔[2]、拉密堡[3]、阿尚博堡[4]、菲利普维尔，甚至罗得西亚[5]、索尔兹伯里[6]或洛伦索·马克斯[7]。但刚果首都骄傲地保留了原来的名字——布拉柴维尔。

马郎想要延续这个传统。他常常说起，他的父亲莱昂·埃梅内日尔德，年轻的圭亚那公务员受到布拉柴的征召，来到法兰西堡[8]定居，筹办起法国刚果的财政机构。他十分热爱布拉柴交付给他的这项任务。这也解释了马郎为什么想要子承父业，继续相同的道路。完成学业之后，马郎投身殖民行政系统，从1909年干到1923年。"在我人生中不值一提的那段岁

---

1. 利奥波德维尔是为了纪念比利时国王利奥波德二世，后改名为金沙萨，刚果民主共和国首都。
2. 由亨利·莫顿·斯坦利在1883年建立，后改名为基桑加尼。
3. 由弗朗索瓦·拉密在1900年建立，后改名为恩贾梅纳，乍得首都。
4. 后改名为萨尔，乍得城市。
5. 即现在的津巴布韦，罗得西亚这个名字源于英裔南非商人塞西尔·约翰·罗兹。
6. 曾以英国首相索尔兹伯里侯爵的名字命名，后改名为哈拉雷，津巴布韦首都。
7. 16世纪葡萄牙探险家和商人，莫桑比克首都马普托在该国独立前就是以该探险家的名字命名。
8. 法国海外省马提尼克的一个市镇，同时也是该省的省会。

月。"他后来如此评论。马郎在非洲的驻地毗邻乍得湖和沙里河，那段漫长的经历倒成了他取之不竭的灵感源泉。但非洲带给他诸多失望、幻灭和侮辱，他心灰意冷，苦涩不已，这种伤害一辈子都无法弥补。

黑人成为公务员，为白人政权效力，管理黑人国家，马郎自始至终没有找到合适的定位，他希望一展所长的同时不会破坏他的原则、损害他的尊严。或许，他有过梦想，梦想着将遥远先祖的土地和而今体认的祖国联为一体。事后证明，这不可能。他想要双重归属，法国的和非洲的，但经过和殖民世界的接触，他归属不了法国也归属不了非洲。

正是那些殖民者在他心中激起了熊熊怒火。他愤恨他们的傲慢，他们的无知，他们没完没了的纵酒狂欢，他们面对被治理者表现出的残忍和蔑视。"文明，文明，欧洲的傲慢和无辜者的尸堆……你在尸体之上建立起王国。"他后来写道。面对非洲人，他反倒没有如此严厉，他是在用一个外籍人类学家的视角事无巨细地描绘当地民众的仪式和行为。

老实说，身份的两难困境无法逾越。至少在马郎的处境中，在他生活的时代。他所能做的，就是作为一个人，作为一名作家，写下他的见证，吼出他的愤怒。这就是他在《霸都亚纳》的故事和序言中所做的。这一切既让他赢得了嘉许又让他饱受诟病。

在当时，他的信息广为流传。他的呼号不可否认地获得了他期待的效果。《霸都亚纳》出版后的数年间，许许多多作家来到当地，想要一探究竟。尤为值得一提的是安德烈·纪德，从1926年7月到1927年5月，他在刚果和乍得进行了长途旅行，待回国之际他完全相信，马郎所刻画的图景忠实反映了殖民地现状。

可以这么说，鉴于龚古尔奖得主的"断言"太过公正，太过精确，没有一个严谨的旁观者试图质疑他。但并非意味着《霸都亚纳》的作者得到了正名。指责他破坏了法国及其帝国形象的那些人继续指责他是"白眼狼"。但还有更为严重的事态，另一番论战正开始酝酿，而这次将旷日持久且万劫不复。可以说，这次的论战调转了方向，他们现在不是指责马郎揭露殖民主义，而是指责他揭露得不够彻底，没有引起轩然大波。

他难道没有刻意强调过，殖民者的残忍行径有悖于法国精神吗？这种一碗水端平的做法现在反而招来诋毁。他是否认真思考过，真的会有正直的征服者，以及善待被统治人民的殖民体系？难道只要呼吁白人遵守被殖民者的文明，那么压迫、剥削和掠夺便戛然而止？

坦白说，马郎的精神世界和道德世界正在垮塌。防止法兰西帝国走上殖民的迷途，这是他的梦想，而这个梦愈加显得荒谬。即便他最简单的要求，承认他的法国作家身份，把他和其他作家一视同仁，无关他的祖籍和肤色，就连这点随着时间推移也变得越发难以企及。他内心苦闷无比，情愿离群索居。

年轻的黑人作家曾通过阅读《霸都亚纳》获得启发,在马郎身上看到了可以效仿的楷模,可而今他们有了其他憧憬,别样的斗争,于是渐渐疏远了马郎,即便是最为理解马郎两难处境的那些人,比如小马郎十九岁的桑戈尔[1],他曾视其为黑人精神先驱。"他是头一个被要求在'法国作家'和'黑人'之间作出选择的。正直如他,他也是第一个拒绝作出选择,第一个同时肩负了两种责任。"

马郎本人从未宣扬黑人精神。在他生命最后几年,有记者就此事询问过他,他有点气恼地答道"白人种族主义"最终创造出了"黑人种族主义"。在他看来,这属于误入歧途,他对此感到惋惜。仿佛是为了给种族主义这种毒药来一针解毒剂,他提倡不同种族之间应该频繁通婚……

这种立场只会将他进一步推向孤家寡人的境地。有些年轻的友人还尊称他一声"前辈",但其他有影响力的作家纷纷站到了他的对立面,反对他所代表的和解愿景。尤其是法农[2],1952年出版的《黑皮肤白面具》中他把马郎视作批判对象,他就是典型例子,在和白种男人或白种女人交往的关系中表现出"黑人的恐惧、怯懦、耻辱"。

---

1. 桑戈尔(1906—2001),塞内加尔诗人、政治家,曾是塞内加尔首任总统,被广泛认为是20世纪最重要的非洲知识分子之一。
2. 法农(1925—1961),法国马提尼克岛作家、心理分析学家,他是20世纪研究非殖民化和殖民主义的精神病理学较有影响的思想家之一。

1960 年是非洲独立元年，赫勒·马郎同年在巴黎去世，享年七十二岁。法兰西殖民帝国，他曾揭露过它的暴行，他也想要拯救它的灵魂，也行将就木。

几乎没人记得《霸都亚纳》曾引发的骚动。马郎创作这部小说是为了证明自己的勇气抑或暴露他的忘恩负义？在他畅想的世界中，身为黑人或白人已无关紧要，这样的想法是仁慈宽厚、先见之明，还是充耳不闻、厚古薄今？一个世纪已然过去，我们仍旧没有答案。马郎从未走出他的炼狱，他的理念也并不符合当今思潮。我们只是人，不用在乎种族、宗教或其他，这样的想法在今天和在百年前一样都是革命性的、难以理解的。

但时代精神瞬息万变。它的钟摆会摆向这边，然后摆向另一边，无法禁止人们畅想，现在的主流态度，比如每个人都要高声喊出自己特有的归属，总有一天会过时，而具有普世意义的、提倡调和的理念，今天看来太过幼稚、悲怆、老套，但将来会占得上风。这正是《霸都亚纳》的作者期许的。

2021 年 1 月，于巴黎

原　序[*]

亨利·德赫捏，杰克·布郎惹，本书的拥护人，假使在作序之初，不先诚心诚意把您的好心，您的忠告，深深感谢一番的话，我相信我这个人就太无心肝了。

我怎样热烈的希望这部小说的完成，您是知道的。老实说，这小说也只是一种锱水画罢了。但我着手预备它已有六年。把我在非洲那畔曾听过的转译到这书中，把我在非洲那畔曾看见的描写在这书中，的确费了六年的工夫。

在这六年里头，我从不想说一句话，不但尽力发挥我的客观的观念，而且还把别人能够影响及我的一些返照都排除了个干净。赤道非洲的黑人诚然是没有思虑的。评判的精神，他们自然是缺乏，或者连理智之类他们也缺乏。至少，大家都如此肯定地说。这当然是不对的。因为黑人之所以变得没有理智，差不多就由于很少的一些欧洲人的原故。

因此，这小说是纯客观的。甚至还极力避免议论：只是写实而已。也绝不生气：只是记述而已。所以它并不含一点别的意味。我曾于若干度月夜，躺卧在我回廊间的睡椅上，听过那般可怜人的谈话。他们的嬉笑足以证明他们是乐天安命的。其实他们很痛苦，不过痛苦得在笑罢了。

唉！不鲁页尔先生，您在您编制的一本精深而繁颐的书中，尽管宣称乌邦记——沙利地方的人口已增加到一百三十五万。但您何以不说在乌亚门的某一个小村落中，当一九一八年时,仅数出了一千零八十个人,而在七年前调查时,倒有一万人呢?您尽管把这一片大地方中的财富说了一场。但您何以不把这地方上了不得的饥荒说说呢?*

我懂得了。是的,在西利斯地方的一种不可名状的困苦日子中,总有十个,二十个,甚至一百个土人,无论如何,自会在那般自命是他们的慈善家所有的马的粪中,寻得出一些消化不了的大麦粒和玉蜀黍粒,拿去做他们的粮食呀!

孟德斯鸠是对的,他曾带着一种冷嘲热骂的口吻,挟起一种愤慨不平的意思,在一页书上写道:"他们从脚至头都是黑的,他们的鼻子扁塌得几乎不能够抱怨一声。"

总而言之,他们之所以同苍蝇似的,成千的饿死者,正因人家把他们的地方弄得太值价了的原故。所消灭的无非是那般不能适应文明的人。

文明,文明,欧洲人用以骄人,但也是他们天真的坟墓,印度诗人太戈尔,有一天在东京如此的论过你!

你把你的国度建筑在死尸之上。你纵然有所欲,你纵然有所为,但你偏死在诳话的当中。一看见你,眼泪就要流下,痛苦就要呼号。你是抹杀人权的强力。你不是火把,你是冲天的

---

*《霸都亚纳》在1921年获得了龚古尔文学奖,赫勒·马郎成为了第一个获得该奖的黑人法语作家。李劼人其后将本书翻译成中文,也成为了中国翻译赫勒·马郎的第一人。非洲法语文学译丛旨在为中国读者和研究者比较全面地介绍非洲法语文学版图,故收录了李劼人翻译的《霸都亚纳》,读者可以由此了解法语作品翻译的历史沿革。李劼人的译本完成于20世纪20年代,有些用词和现代汉语不同,为保留原译本的风貌,便不做改动。

大火。凡接触你的，你就把它消灭了……

我法兰西的兄弟们，各党派的作家，把什么都赐与了我的邦国之后；你们虽常为无谓的事而争执，虽乐于纷闹，但每次闹得要打起来时，你们总忽的又和好了，我为一种正确而尊贵的思想，向你们呼助，因我实在相信你们是仁义的。

我的书并不是要与人笔战。它不过适逢其会罢了。黑人的问题是"新近"的。谁把它构成这样的问题？美国人是也。莱茵彼岸的新闻团是也。保罗·嫩补所办的《罗姆噜咕咕》，彼得·波纳尔底所办的《草原之面》，以及那个可怜的甘伯特所办的《孤立》等报是也。岂不是您吗，《爱娃》报，好奇的小姑娘，在今年之初，还天天的在征求，以便知道一个白种妇人可不可以嫁与一个黑种男子？

自从若望·菲洛特在杂志中，对于黑种军队的使用发表了一些批评之后。自从医博士雨俄特在《法兰西之天使》杂志中对黑人们做了一篇研究之后。自从一些通信寄往合众国去，说及他们的牺牲之后。末了，在下议院的质问中间，陆军总长安德烈·勒废先生才敢于说有些法兰西的行政人员，诚以为在新收复的亚尔萨斯-洛尔伦地方，也如在法属公果一般，可以那样行动。

某种言语在某种地方说出来，那自然是很有意思的。所以，陆军总长这一番话不但足以令人知道在远地方中所经过的种种，并且也足以令人知道那方面的一切积弊，恶习，以及不堪的暴政，一直到目前，都不曾改良过。因此，"顶好的殖民地上的人员并非是职务上的殖民人材,就是在战壕中,也应该是欧洲的军队"。这是比亚捏先生说的话。

我明智的兄弟们,法兰西的各位作家,这话是很真确的。便是为什么要责望你们从今以后,须表示说你们不愿意置身在非洲那畔的国人把你们所拥护的邦国弄得太失人望的原故。

你们的声音是如何的高扬啊!你们还应该帮助一下那般述说这些已成之事,而不愿事情竟弄到如此的人。将来,且待有人把殖民地的污迹拭净之后,我再把我业已画了一个轮廓,还想暂时保存在抄本中的一些模范人物,给你们细细地描画出来。我将告诉你们,在有些地方,许多黑人不得不把他们的妇人以一种自二十五枚佛郎至七十五枚佛郎的价值,便卖却了的事情。我将告诉你们……不过,我总要用我的名字来说,而不用别人的名字的;我所表现的自然是我的思想,而非别人的思想。并且,我已察见过好些欧洲人,我知道他们都是无赖子,我敢断定说没有一个人敢于给我一点极轻的否认的。

因为殖民地的生活是很广泛的,要是大家能够知道那日常生活是如何的卑鄙龌龊时,别人就不会多说。也不必说了。那生活是逐渐的往下堕落啊。就在行政人员中,也很少有在精神上修养的殖民人材。他们没有一点儿抑制妄想的力量。酒精是喝惯了的。在大战前,能于三十天内喝干十五立突贝尔鲁烈酒的大都是欧洲人。赫那!就从那时起,我曾认识了一个人,他真达到最高点了。他能在一个月中喝完八十瓶威士克烈酒。

这些恶劣的行为以及一些不知道的,直把一般顶优秀的人都引诱至顶卑劣的懦弱境地。这种卑劣的行为只能使一般身任法兰西代表的人为之不安。就在现时，使各地黑人痛苦万分的一切罪恶责任，也在这种人的身上。进一步言之，他们实不应该有"故事"的。但他们一被这种思想纠缠之后，便什么自尊心都不要了，他们遂犹豫起来，撒诳起来，还沉迷在诳话当中。他们也不想看。也不想听。又没有直说出来的勇气。因就毫不动于心的把那柔靡的道德联合在他们薄弱的理智上，来欺骗他们的邦国。

所有在我向你们叙说之时所用的委婉"步调"之下指出的一切行政，实在都应该纠正的。这纷争说不定还很严重。你们快要触犯着运贩黑奴的盗船。你们对于这盗船的战争自然比对于风魔的战争困难得多。不过，你们的努力总是好的。就动手罢，不要再俄延了。法兰西所欲的正如此呀！

这部小说叙的是乌邦记——沙利地方上的事，这是法属赤道非洲总政府治下的四殖民地之一。

南界乌邦记，东界公果——尼罗诸水，北界公果，西界沙利，这片殖民地也与其他的殖民地一样，包有几个大区与几个小区。

大区是行政的本体，与一行省相当。小区与县治相当。

克末大区是乌邦记——沙利地方最要紧的行政区之一。假使把那条只是说而从未动工的铁路筑成之后，或者这个行政区的首都，西毗特垒一定会变成一个大都会的。

克末包有四个小区：波色尔垒，西毗特垒，德可亚，格利马利。但土人虽看见欧洲字却不甚重视,他们呼这四小区的名字,仍是克末,克莱白热,公伯勒,邦巴。克末行政区的首都西毗特垒,即所谓克莱白热的,与欧洲人从未超过一百五十名的乌邦记——沙利的首都,名为邦记的北边相距约一百九十基罗迈当之遥。

格利马利小区,或名为邦巴,或名为冈吉亚,后两个名字都是一条河的异名,行政官署恰建筑在河边上,这地方距克莱白热的东边又约一百二十基罗迈当之遥。

这地方,树胶出产极丰,人口也很众。各种的植物遍地都是。鸡与山羊更异常的多。

不过,也只须七年的工夫,就足以将这地方弄糟到极点。各村落业已凋零了,各种植物业已不见了,山羊与鸡业已绝了种了。至于一般土人,早被那不间断,并且过度而无酬报的工作,弄得萎靡不振,甚至到必要的时间,也弄得他们不能去播种。已经看见那疾病在他们中间发生,而饥馑又侵入了去,所以他们的人口便日少一日。

然而他们都是一般好战而勇健的家庭的后裔,又吃得苦,又耐得劳。就是色鲁西反法教徒的掠夺,就是连年不断的内哄,举不能损害他们的。只以他们家庭的名字便足以证明他们的生气。他们岂不是"邦达"族人吗?而"邦达"一词的意义岂不就是"罗网"吗?因为,每逢野火烧天之际,他们去行猎用的正是网罟的原故。

文明也从这里经过的,于是一般达克巴,达概巴,门比,马鲁霸,郎格霸西,撒邦喀,冷喀补,所有这般邦达族的部落便十中损了一个……

格利马利原是又丰饶,又宜猎,又变化极多的一个小区。其间的野牛野猪多得与小汶鸟,竹鸡,老鹰等一样。

许多的溪流纵横的灌溉着。其间的树林都矮小而稀薄。这倒不足怪:因为赤道下的茂林到邦记就止住了。只有在沿河的长林中才得见一些佳木。

河流屈折在一些高冈之间,高冈就是邦达族语称为"迦喀的"。

与格利马利顶相近的三个高冈为:可色冈霸迦喀,果波迦喀,比喀迦喀。

头一个迦喀高耸在官署东南两三个基罗迈当之处,在同样的方向上以邦巴谷为界。果波与比喀都在冷喀补地段中,当东北二十基罗迈当处……

说到这里,在所画的几条地界内,就是这部描写普通观察的小说所发生的地方。

现在,也如威尔乃伦在洪荒诗集序诗的"特尔札利马"末了所说的一样:

"现在,走罢,我的书,往那偶然之神引导你的地方去。"

赫勒·马郎序于波尔多,一九二〇年十月五日

第一章
迦西内外的晨景　黑人的哲学思想狗与家畜

每夜都要烧来取暖，而必剩下一大堆温灰的火，在夜里已慢慢的熄了。

迦西[1]的围墙是不曾封严的。因而一派朦胧的光便从他用来做门的那个窟窿中射了进来。在屋顶之下，听得见白蚁们在那里时断时续而又隐隐约约的爬搔声。原来它们藉着黄泥的隧道，正向那矮屋顶的木椽上在进攻，这因为木椽之在它们恰是顶好的一个用来避湿气避太阳的地方。

外面哩，雄鸡鸣了。在它们的"克克勒克"声中还夹杂了些与牝山羊亲热的牡山羊的啼声，还夹杂了些大嘴鸟的哗笑声，还夹杂了些狗脸似的长面猿的"霸枯伊呀的"呼声，这些声音都在骊波河与邦巴河沿岸极高的茅草那畔。

天明了。

虽然首领霸都亚纳的瞌睡还很浓，但这些喧声已被他感受得清清楚楚，霸都亚纳者，许多村落之摩昆基[2]也。

他打了一个呵欠，起了一身寒颤，并伸了一个懒腰，不晓得还是再睡的好，还是起来的好。

起来罢，冷喀苦拉[3]！何以要起来呢？他并不想知道，凡那专门讨论一些过于简单或过于复杂的问题，他是颇不以为然的。

只好起来，这岂不应该努一个大力吗？下决心这件事在他的心里似乎是再简单不过了。其实，是很难的，睡醒与劳动只是一件事，至少对于白种人是如此。

使他惊惶失措的绝不是劳动。因为他又强壮，又多力，又善走——投标掷枪，赛跑角抵等事，从没有遇见过对手。

在这一片广漠的邦达族的地方中，无人不恭维他那无匹的强力。所以他那在爱情或在战争中的成绩，他那游猎的技巧，实永留了一种不可思议的现象。每当依拍[4]临照中天之际，——各处辽远村落中的门比，达克巴，达苦亚，郎格霸西[5]等都在高唱伟大的摩昆基霸都亚纳的功勋，而且在林卡的鞳鞳声中还参杂了些霸纳风与昆德[6]的不和谐的音韵。

劳动是骇不着他的。

只是在白种人的语言中，劳动这个名词却罩上了一种惊人的意思。或训之为无急切成功的疲劳，或训之为隐忧，为愁苦，为烦恼，为健康的过用，为妄想的追随等等。

唉！白种人。他们能一齐回到他们的家乡倒是顶好的。有其尽情任性的来找那呆笨的银钱，倒是把心思专用在家政上与他们土地的耕耘上还好得多。

生命是短促的。劳动是为那般不懂生命之人而设的。怠惰不会损失人的身份。谁都看得清楚，它与懒字本不相同。

---

1. 迦西，黑人所住的小屋名。——译者注（如无特殊标注，后文均如此）
2. 摩昆基，非洲中部黑人称巫师之意。
3. 冷喀苦拉者，黑人呼天神之意。
4. 依拍者，黑人呼月亮之音。
5. 这四个特殊名词都是黑人部落之长和村长等的通名，等级如何，未详。
6. 林卡是黑人的木鼓名，霸纳风与昆德都是黑人的乐器名，霸纳风像笛子。

至于霸都亚纳哩，就处在这种相反的情形中，他颇以为什么事都不必做，简单言之，只把我们身旁所有的东西拿来应用一下就可以了。因为一天一天的生活下去，也不必回忆昨日，也不必焦虑来朝，无须预料——这样才是顶好的。

到底，为什么要起来？坐着总比站着好些，睡着总比坐着好些。

他所躺着的那张席子正散出一派干草的香气。就是鲜剥的野牛皮也不及它的软和。

总之，与其闭着眼睛这样的胡思乱想，不若再睡的好？这样，他或者倒有闲暇把他那十分柔软的波格波[1]的价值估定一下罢。

首先就得把火堆烧起来。

只要几根枯枝和一点儿草就够了。他鼓起腮巴子向那蓄有几点火星的灰上尽吹。不多久，一阵哔哔剥剥的响声爆炸以后，那烟子便冒了出来，温度还未开展，火焰或就要腾起了。

于是乎，在这个温暖的迦西中——他的背向着火，似乎除了再睡一觉之外，就是长躺着如同一头野猪似的睡法之外，没有别的了。似乎除了向炭火取暖之外，就是如同在太阳地里的大蜥蜴似的取暖方法之外，没有别的了。似乎除了模仿耶西[2]之外，就是同他生活很久的那个耶西，似乎除此之外，也没有别的了。

---

1. 波格波即席子是也。
2. 耶西者，黑人呼妻之意也。

耶西睡觉的样子太好了。静悄悄的赤条条的，脑袋枕在一块木头上，两手抚着肚皮，两腿分开，做着"哼咯哼咯"的声音，原来是她的鼾声啦！虽傍着火堆，但火堆里的火也熄了。

她睡得真熟啊！只有时拿手把她那又皱又长好像干烟叶的乳头擦一擦，或叹息着抓搔一下。上下唇略为摇动。胡乱动一动。登时又安静了——于是她那亭匀的鼾声……

那个褐色而带愁容的小狗，名字叫作地汝马的，也在柴堆之后，监守着鸡鸭山羊，蜷做一团，头尾相连的伏在树胶筐子的顶上，恍恍惚惚的睡着。

从它那劳瘁不堪的身上，只看得见一对又直又尖，又不甚动弹的耳朵。但有时，因为虼蚤的骚扰和扁虱的刺激，方把耳朵一摇。不过又有些时候，也和它主人摩昆基霸都亚纳所最宠爱的耶西，名字叫做耶西敢稼的一样，只是哼几声而并不动作。间或，却因为犬梦所扰，才展开尾巴在空中画几画，而它那抑而不扬的吠声也像在嘲骂这寂寞似的……

霸都亚纳撑着两肘。他实在没有方法再睡了！所有的现象似都联合了在反对他的休息。您看，浓雾也从他迦西的入口处迷漫了进来。天气又冷。他肚皮也饿了。而且天色也大亮了。

况且，这地方怎么能睡？您听，打铁蛙，牛蟆，青蛙等都在湿草丛中越闹越凶，这是外面的事。在他四周，虽然很冷，却因已熄的火没有烟子止住那些拂绿[1]与蚊子的原故，遂都嗡

---

1. 拂绿者，飞虫之一种。

嗡嗡哄哄哄的。而且,是不是山羊等因雄鸡唱时便走了,是不是母鸡等还留着在,才吵得这样的利害。

就是鸭群,平静的鸭子们也如此,都团聚在它们的头领周围——或把颈项伸回左边,或把颈项伸向右边,或俯着,或仰着,所有的鸭子都惊惊惶惶的大叫起来。

好像有一种顶奇怪的现象蓦然袭了进来似的,并且是它们从没有经验过的现象。所以它们便都摆着尾巴,甲甲的啼唤着,东觅一下,西觅一下,都带有一种互相问询的神情。

一直到它们相信把所寻觅的寻得了之时——它们便肃然而笨拙的,一个接一个,挨挨挤挤,傍着树胶大筐子的周遭,不住的兜起圈子来。

在它们盘旋不定的逐步之间,都被它们膝子的重量牵引得微向前倾。

闹了一阵,仍亲亲热热的密集在一角上。都远远的把那出口的地方瞅着。

中间的一头猛然就决了意。向那阳光所照之处走上五六步——怯生生的,把翅膀拍着地帮助着前进之势,一下突出筐口,遂不见了。

别的那些便立刻学做起来。

你瞧直到这时,那褐色而带愁容的小狗地汝马才醒了。

其实这片闹声简直惊动不着它的。若干月以来它早已习惯了啊!

因为从它那个被主人们吃了的母亲之时起,每天早晨,这同样的喧闹总要发生一次的。

本来，无论是畜生是人类，原只有一个栖止之处用来遮蔽他们的睡眠。另外再有一个，怕不是很难的罢。

不管怎样！站起来罢，生活这件事对于它总是很艰窘的。弄得它不但不晓何者是它狗的职分，甚至连吠生人的一件事也忘记了。

它曾受过不少的霸都亚纳的驱使和耶西敢稼的冷落。而山羊等有意的狡狯同着家禽等可惊的事故也几几乎把它弄疯了。

现在，变过了，一点招呼也不听。当它疑心未丢开时，轻轻的唤一声也会招起它的不信来。不管看见的是个白种人或是个舍西亚[1]，它的脊毛便耸了起来，若干次，亏得害怕挨打的原故，它才学聪明了。

此刻它之所以醒，这并不是人家扰醒它的，也不是睡疲倦了的原故。

凡人哪有睡够的道理。这一点，它倒很与它主人霸都亚纳的思想相合。

它之所以醒，因为它应该醒了。

实实在在的，在一个摩昆基的生活中也与在任何一个人的生活中一样，一条狗除了那"门霸打"[2]的呼叱声外，是没有别的想头的。

---

1. 舍西亚者，本阿拉伯人所戴的毡帽之称，此处用来隐指通常的非洲人。
2. 门霸打者，黑人叱狗之声也。

一条狗么！自己去死罢，自己去吃罢，自己去生罢！人家只会截他的耳朵。那吗，这东西能有什么好处么？难道就一点儿也没有吗？有的，也有一点儿，就是在草黄之季也用得着它！用它来追逐逃跑的小畜生那倒是顶好的。除此之外，因为它没有用，所以人家就不管它了。

好久以来，人们的心思已丝毫分顾不到这褐毛小狗地汝马的了！好久以来，它早晓得任是睡一大早晨，还是没有人拿东西来喂它的！

这就是它为什么要起来的原因。它岂不知道必到平明而后才能去吞食那小山羊的粪么！粪中间还有些乳味哩。算是多汁的食品，在这别无东西可以咀嚼的狗看来已算得很丰盛了！

小山羊的粪么，那倒是一定寻得着的！虽然还很新鲜，但蛆虫业已汹动起来。何等的幸福啊！要是运气好的话，它还可以在散步之间弄出些小纹鸟的蛋来。不过，却不该太妄想了……

地汝马站了起来，舐了会肚皮，舐了会脚爪，又大大的喷嚏了几声，搔爬了一会。其后，尾巴夹在两腿间，鼻头掠着地，可怜极了的样子，踉踉跄跄向屋门口走来。

它早已把那抑制感情的方法学会了，因就装出一种颓丧无聊的面目。因为它一高兴了，就足以惹得霸都亚纳来驱逐它。这是不应该的。不然的话，人家就偶然有些赏赐，也只有向之道别而已！……

霸都亚纳还在梦想。而地汝马，鸡，鸭，山羊等都走了。

他觉得也该模仿它们的办法才对。而且，割礼节又在当前。还不曾邀请一个人。这时正好去补做这件遗忘的事。

用手背把眼睛一揉，用指头把鼻涕一抹之后，他遂一面抓搔一面站了起来。他把胳肢窝搔了一会。又搔大腿，搔脑壳，搔屁股，搔手膀。

抓搔真是一种顶好的医术。足以使血液循环，并且也是一种欢乐，也是一种征候。

大家只须向自己的周围一看，无论是什么活动在初醒之际未有不爬而且搔的。这就是顶好去照样做的范本，既然是出诸天然。凡不爬搔的总醒得不清楚。

爬搔固然好，而打呵欠更佳。这是把瞌睡从口里赶开的一种方法。

这种超自然的表现，随随便便都可验得出的。众人之所以呼出一种烟子来的原故，岂不是昼寒之犹存吗？以此为凭，则睡眠只算是一片神秘的火，那是确切不可移的。霸都亚纳深以为然。一个巫师是不会错的。自从他的老父把权力转授给他以来，他已是巫师，他已是冷喀苦拉了。

况且，我们瞧！假使睡眠不是内心的火，试问这吐出的烟子却从何而生的？谁看见过没有火的烟子？他正等着反对此说之人的确实证据呢。

这里呵欠，那里爬搔，只算是极不要紧的动作。然而霸都亚纳这样做时，果就长长的呃了几声。这个老习惯是受之于他的父母，而他的父母更受之于前人。

这些旧风俗是顶好的。大家似不大晓得去考察。其实这些风俗都建基在经验上面的。

霸都亚纳这样的寻思着。他是不适用的风俗的一个看家狗，凡祖宗遗留给他的他都诚心诚意的谨守着。

他也不再进一步去研究。只一味反对适用的，凡合理的都不中用……

这倒是不错的。所以他一时既想去使朋友们知道在什么地方什么时候将举行那割礼的佳节。然而，又把温他瞌睡的那火堆欣然的留恋了一会。就是耶西敢稼睡醒时也只会安排她的火的。因为凡人只看见自己，而不知他人。至少，别人总这样教过他来。

一切齐备，他遂出去了。

不多时，他就回了家。因为每天如此，无论是旱季雨季，他所穿在身上的只是那一片遮羞布，因此那寒气遂袭任了他。

浓雾连连的在跳舞，舞得连他其余八个妇人及一些与她们共生的小孩们的迦西，都使他辨不清了。

罢儿[1]！他遂蹲踞着，寒战着，两眼通红，抱着两只手膀，索索的磕着牙齿。

火的暖气慢慢的把他麻木的肢体烘和暖了之后。他遂把两手烘在火上，将一首最赏识的歌低低的吟哦起来。唱的时候，他方发见了歌中的言词。原来这里面说的乃是一些白种"司

---

1. 罢儿者，叹息之声也。

令"与妇人们。

因为"耶西"这个词常常在尾声上跳出来，他遂想及了他的耶西：耶西敢稼。复因往天早晨起来时所生的许多念头都汇集脑中，他遂很想把他男性的职务尽一尽。

却因他们日常生活的事她已是做惯的原故，虽然她还没有睡醒，但他却不必去搅醒她。

那吗，她醒来时定是独自一人的啊！……

晨风把浓雾从太阳所由起的天边一直吹扫到太阳所由去的天边。然而浓雾犹用它们的腰巾将一些迦喀[1]的高处封着，只模模糊糊的露了一点儿出来。并且，所有的鸟儿，从鹦鹉一直算到白头哥儿，从摇尾鸟一直算到巡察鸟以及大嘴鸟等，也都在雾幕歌唱起来。

雏鹰掠地飞将过去。母鸡等从那正在散开的雾幕间一瞥见这些食肉鸟盘旋得不很高时，遂都把头挟在翅下逃跑了。

清凉的风吹来拂去。无算的湿树叶在树子上瑟索起来。树杪响得哗哗啦啦的。竹子也一面挥着柔劲的长竿，一面呻吟。

最后一阵风，把最后一片薄雾撕破之时，于是如洗而清明的太阳遂跳出来。

不过在这被江日所扩大的裂痕之前，犹然有一派静意，将那辽远的荒郊逐处逐处的笼罩着。

但这摩昆基，霸都亚纳，仍木木然坐在他迦西的几步之

---

1. 迦喀者，高冈之谓。

前，傍着他所烧的火堆，对于这可爱的日景很不在意，随便想着，一面缓缓的抽着他那又好又陈的烟斗，就是他名之为"喀拉波"的那东西。

白昼的光阴完全的来了。

第二章

耶西敢稼伺候他早餐　白种人真可诧异
林卡的传语　可爱的少年——比西宾纪走来了

他睁着眼睛，小口小口地把烟斗抽着。

时时刻刻都有一条痰涎随着一阵深呼吸流了出来。

他就这样抽了很久的烟。

太阳渐高，也渐热了起来。它的样子在他看来并不觉得可爱，因他每天都看惯了，所以不大注意。

他抽着烟……

大地的风从木棉枝中钻过，拂着它的丛叶，并在它那嫩芽的柔绿间弄得一片的响。

树脂升起，从破裂的地方把树干胀起来，并由那焦而且鲜的树皮间漏出，凝成了些赤金色的珠子。

藤萝同搭悬桥一般，纵横交错的从这几株树上缠到那几株树上。

一片热地上，丛草中，树木里发出来的强烈气味，一片泽沼地方的流行病，以及野薄荷的香气，都一一的散漫在风里，而风遂将这些气息吹播得到处都是。

鸟儿等沉迷在这种植物的感兴中，都放声的歌唱起来，就是食肉鸟也嘤嘤的唤个不止，当其翱翔在蔚蓝天空，成为一个黑点儿时。

在珊波河或邦巴河的后面，有一个人正在唱："嗳赫……

耶巴……荷！……"

别人当是在那畔工作了，歌声是用来谐和气力的。

这单调的歌冲破了外围的平静。及至歌声息后，所听见的只有那被太阳晒干了的茅草间的冰裂声，所觉得的只有寂静中所做弄出的一些微响。

跟着，歌声又模模糊糊的在那畔重新唱了起来……

耶西敢稼已将那常用的马虐克粉[1]预备好了。同时又在两只煮锅里煮好了一些甘薯与野苋菜。

她男人去用餐时，她遂把那丢下的烟斗取在手上。

她也抽起烟来，一面又有意无意的照料着那正在烧炙的青虫。

她的八个女伴都各自背靠着她们的迦西，正在理妆。

她们都没有一点儿亲切的感情。男的为女的而生，女的也是为男的而生的。他们既不能不晓得所以分为男女的道理，那吗，又何必自行拘束呢？不好意思把身体露出来，这简直是无益的事。所谓廉耻不过是白种人宣传的一种虚伪。只有生得不好的身体与不完全的身体那才必须遮蔽。有些男女除非知道别人在嘲笑或贱视他们时，是不会把他们的长处隐没的。

霸都亚纳从马虐克吃到青虫，又从青虫吃到甘薯。

吃两三口东西，他又把克勒喝一二可卜[2]，克勒是玉蜀黍酿的酒。

---

1. 马虐克是非洲特产的一种植物，可以磨粉做面包，其功作与小麦粉同。
2. 可卜者酒杯是也。

饱了之后，他便向耶西敢稼做个手式，说他还要抽烟。于是，他又很长久，很长久的把那喀拉波深深的抽呼起来。

末了，他很得意的把这个早晨的光阴用完了，于是就把左脚的脚趾检视起来。

他在脚趾中间很找出了些脓虫。

脓虫么，可怜的黑人真应该去寻找它。不然的话，这小动物不论在什么地方定会给你产下许多的蛋，它的生产力比一个繁盛村落间的妇人们还凶。

在白种人当中，却不是这样。脓虫能有一头钉得到他们的皮肤上去么？因为他们本脆弱，所以立刻就可以发觉，并且非等到一个仆欧把脓虫给他们拔出后，他们是不得平安的。

那又何必不承认呢？这是明明白白的：白种人比不上黑种人的强健！

千中举个例罢！他们老是藉口说是差役，凡他们估量来可以联络的人总把那搬运的重担子逼着黑人们去担任。

行程往往要历三天，四天，五天之久。桑都苦[1]等所负的重量一点不与他们相干，还有雨啦，阳啦！所痛苦的又不是他们！那阴晴不定的天气如何的伤损我们；而他们却有遮蔽的！然则，你们懂得么？……

白种人，唉，白种人！

他们怕极了蚊子的尖嘴。拂绿的尖嘴也会恼怒他们。苍蝇

---

1. 桑都苦就是指那般当苦役的黑人。

的闹声也会使之发狂。他们又怕蝎子，怕这黑而有毒的"布纳孔果"，这东西往往生在败屋顶之间，石砾之间，或残骸之间。他们又恐怖土蝇。无论什么都使他们不放心。这等一个名贵的人岂宜把他身旁所见所有的东西如此的怀疑？唉，白种人，白种人！

他们的脚么？恶臭以极。为什么要把好好的脚装在两只黑皮，黄皮，或白皮里呢？

岂止他们的脚是臭的！赫那！就是他们的全身也发出了一种死尸臭。

退一步讲，人的脚或者也可以装在缝合的皮袋中！

那吗，眼睛上所架的白玻璃，黄玻璃，蓝玻璃，黑玻璃，又如何呢？那吗，头上所盖的小篮子，又如何呢？冷喀苦拉，这都是闻所未闻的事！

他鄙薄得把肩头几耸，因为要把这鄙薄的意思表出，他还咳唾了几声。

唉，白种人！他们的狡狯，他们的知识，使他们可怕的便是这些！

有一些从法兰西来的人，运了一些机器来，把一个小木杖一转动，那机器就说起话来，确与当真的白种人一模一样，简直不懂得它是怎么样的。

别一些人——是的！他曾看见过来的——别一些人曾把一些刀子吞了下去。

关于这事是没有什么说的！就是无论何地，就是在顶远的地方，谁不知道那个平定邦达族的，可怕的"摩洛——刚霸"，换言之，就是那吃刀司令官呢？

末了，还有一些人，凭着嵌在管子上的玻璃，从他们的椅子上，就能看见那顶远的风景，顶远的事物，俨如在他们的身边一样。

可惊啦，酣！

而且那个达克多诺[1]——这个名字是白种人给与他们中间那个做妖法生意之人的——那个达克多诺能使你撒出蓝色的尿——不错，蓝的！——只要这个人合了他的意时。

这事，难道还不很可畏吗？

就在已往的这几天，新司令来时，他岂不曾亲眼看见这位新官揭去他手上的皮吗；老实说，那皮只有一点儿像是别的那些认得的皮；然而到底是皮子啊！

自然是他不痛不楚而剥下来的！要是他痛，他一定会叫唤！既不叫唤，可见他是不痛的。

那吗，人岂不能断言，说他们中间硬有一些人，也能把他们的牙齿取下来，眼睛挖下来，并把牙齿眼睛当着众人放在桌子上的法术么！

鸟们！像同样的事，黑种的巫师们是从不会实现的。于是，一种恭谨的寅畏心便渐渐的替去了他那鄙薄的心情……

太阳已达到它的行程之半。

---

1. 此系达克透之讹音，谓医生也。

白头哥等也如平常一样,宣告了结束。蝉声还不曾传遍大地。一切都像沉沉睡熟了似的。只有那三阵的风依然按着昼间的程序吹着,而且只要微风一来,那深草上的浪纹未有不生的,而木棉树叶也只像烟子般微微的动着——远远的。

跟着,蝉子便唱了起来。

黑人们的工作正择在这一顷时。

霸都亚纳直向一个巍临平野的高处走去。那里有三个林卡,大小都不一样。

走到这些空心的木鼓之前,把横卧在地上的两根木棰拾起,就在这不动的空气中,向那顶大的林卡上敲了两下——又亭匀,又响亮的。

其次静止了一下。他又急急的敲了两敲。两声之后,便鞳鞳的细擂起来,越擂越快,越快越紧,越紧越密,向后便缓而洪大,末了在顶小的林卡上迅速打了一通,打出了一个唤人的尾调。

于是乎,四面八方,很远很远的,或左,或右,或前,或后,一些相似的声音,一些同样的敲打,一些同调子的鞳鞳声,便轰隆起来,绵延起来,回应起来:有一些声音又微弱,又迟疑,又朦胧,又模糊;别一些却很明了,并且一声一声的,一迦喀一迦喀的震动着。眼不能见的地方全兴起了。

那些鼓声直喊道:"你呼唤我们……你呼唤我们……我们已闻知了……我们已入耳了……你有什么事要吩咐我们?……说啦……"

空间把这颤动而分明的调子传送了两次。

直至第二次的调子消失在天边去后,霸都亚纳才回答他们。

起初的一番言语不很有力量。说的好像是日常而单调的麻木之感,好像是也不足以忧也不足以乐的寂寞之情,又好像是要把大宴会辞却的意思。

跟着,那木桴便在三个林卡上面交换着滚跑起来。由这三个林卡当中因就产出了一种吟哦声,阴郁得就如要吹董窝罗[1]之前,沉闷的天气一般。

鼓的歌声散了开去。就在骤然止息的间隙上,而那声浪仍推荡无已。它还常常的,常常的在继长增高。

霸都亚纳流着汗。得意以极,几几乎要跳舞起来。

因为凡是他的人,他们的妇女,他们的孩童,他们的朋友,他们朋友的朋友,曾被他饮过血或饮过他的血的首领们,一切的人,他都招呼遍了。他愿意他们在九天之内,借着喀亨扎[2]的机会,到此地来赴他所设的大阳格霸[3]。

自从若干次,若干次的雨季以来,这预先料到的激越的响声早就与了他们一种绝好的想头。自然有吃的,有喝的,有演说,有享受。自然也有阳格霸。还不仅是一种阳格霸。并且有种种的阳格霸。尚不仅仅是象步舞,投枪舞,战争舞几

---

1. 董窝罗者,飓风之谓也。
2. 喀亨扎者,穆斯林行割礼时的典礼之称。
3. 阳格霸者,大宴会而兼跳舞会之名称也。

种——并且也还有爱情舞,撒邦喀族人跳得最好的爱情舞。

自然是有吃的又有阳格霸,有阳格霸又有喝的。哈,有马虐克,芋子,达筶[1],南瓜,薯蓣,玉蜀黍!哈,又有黍酒,委克[2],辣椒与蜂蜜,鱼与鲜鱼蛋!可以吃这种种,并且还可吃一些别的东西!可以喝这种种,并且还可喝一些别的东西!吃喝之时,还有角笛与霸纳风以助兴。应该来呀!是啦,是啦,是啦!这是喀亨扎佳节。大家要经十五个月才举行一度的割礼。应该来呀!大家当如何的一启笑颜啊!

鼓声还把这番演说的乐意加倍的洋溢了出来。并将言词中的趣话和笑语引伸得很长的。

及至鼓声停止,一种烦闷的等候遂压积在心上,不过经过的时间并不久。因为,在他的四周,很远,很远的,就如回应他第一次唤呼声一样,那答词早在看不见的鞳鞳声中传述出来。虽然音波的传送很有距离,但每句之末,凡那秘而不宣的快感仍旧可以得到的。

"我们入耳了……我们闻知了……并且懂得了……你是最伟大的门比啊,霸都亚纳……你是最伟大的摩昆基啊!……我们要来……一定的,我们会来……就是我们的朋友也一定会到那儿的……我们自然要来寻乐的……弭邦土!……定要唱歌的……定要跳舞的……我们定要喝得像无底洞一样……像白种人一样!……你只管信赖我……乌阿诺……阿乌诺……耶宾

---

1. 这也是菜蔬之一种。
2. 这也是酒之一种。

纪……德勒补……都姑马里……耶巴达……所有这些门比与冷喀补等都会来的……我们一定来……我们一定来……"

直待天空把这最末的一些答词咽没之后,霸都亚纳便打算去瞧一瞧前宵所安置的那些鱼筌,他遂直向邦巴河与弭波河合流的地方走下去。

他带了两根标枪,一张弓和一口山羊皮的背袋。

无论往何处去,那怕走的路就只一点儿,也不该将背袋忘记的。因为它可以藏许多东西!

他在袋里装了一些比门比叶[1],一壶羽箭,几片马虐克粑粑。

这在他也不算多,也不算少。目前,那危险的事体是料不到的!他岂没有他的标枪,他的箭,他的弓吗?止饿哩,瞧,又有粑粑。幸有比门比叶,也能获得他的食品。只须把叶子放在鱼筌中。凡来犯了它们的鱼满会被它们麻木的。

他起身走了。

他一面走,一面细细观察着地面。这也是他父母遗留给他的各种习惯之一。他岁数越大,越叹赏这习惯的好处。

凡人所置脚的地方,只要知道了,必有益处,而白种人像是不很懂得的光景。要晓得石头可以伤人;而跌在泥地上便不妨事。只须稍为留一点心,人就可以不至于倾跌与受伤,否则也轻微得多。总之,遇事努一点力,不算是损失光阴的事。况

---

1. 比门比者,夹竹桃是也。

乎经验告诉过我们，光阴并不值价，人家只有学乖些的好。

他快要走得不见了，当比西宾纪到来的时候。

这是一个生得绝好的少年，又壮健，又体面。他时常在霸都亚纳的家来都有东西可吃，和一张波格波用来睡觉，因为霸都亚纳很是特别的宠爱他。

倒也不只伟大的摩昆基一个人对他才亲热。就是他九个妇人中，而八个对于比西宾纪都已表示过她们狂热的友谊，不过人家没有说出来罢了。

至于耶西敢稼，对于买她这个人的命令也不像对于比西宾纪的命令服从得那样的好了，不过她只等着有好机会就要向这少年表一表因他而感到的饥渴。

因为一个妇人是绝不应该拒绝一个男子的想头的。相互的作用才是真理。天地间惟一的法律就是本能的冲动。欺骗他的人这件事，或者可以说这个人便是她专为他而生的，总之，就欺骗了他，也不算是什么了不得的大事。

通常的主人翁，大抵人家用坏了他的东西时，只要拿些鸡喽，山羊喽，或腰巾喽，就足以弥补损失，而无过了。所以凡事都下得去。

不幸得很，须知道与霸都亚纳打交道却不是这样的。他又嫉妒，又讲究报复，又残忍，大家都可以打包本说的，纵然习惯是如此，而他对于那般打从他地上经过的人们总毫不迟疑的要禁止不准。他的土地他只想独自一个来耕耘，因为他是出了很大的牺牲才取得的。耶西敢稼既是霸都亚纳所宠爱的人，那自然也是定规在这一点上的了。因为这个原故，所以她就非等到没有危险的日子，她是断不打算失身的……

比西宾纪时时的跑来，已有两三个月之久。他正当第十六个雨季的年龄。这正是男子们顶贵重的时候，从早至晚，总在妇人们身边盘旋，就像豹子之对于羚羊似的。

他的身体突然的便发展开来，生得一身很强健的筋骨。觉察他如此的乃是耶西们，却不是他。她们很恭维他的昂藏，他的生气。她们所爱赏的正是这些。他曾把别人的夫妻酿出了许多的不和。无穷无尽的苟合便也由此而生。历任的司令官都为控告的事件所麻烦，皆曾拿监狱来恐骇过他。

他的声誉倒由此越发增加起来。

所以他一来时只听见一片快乐的呼声。大家都把他重来之前所认得的妇人的名字，拿来问他；又问他是不是真果同某某妇人们睡过；并把这妇人百式百样的琐琐屑屑的隐密事拿来问他……

他对于这些打趣的话并不作声，只笑嘻嘻的把霸都亚纳的喀拉波取去，装一些冷喀阿叶，在上面放一星红木炭。

做妥之后，他便躺在席子上，眯着眼睛，一口一口的抽吸起来……

耶西敢稼向他说道："倒应该叫妇人们留点意罢。你总有一天会害一身迦西利[1]朝我们走来的。"

---

1. 迦西利一词未详，以意测之，或者是恶疮。

那八个妇人都笑了起来:"赫!……赫!……赫海!……海海海!……耶波,这个耶西敢稼……海海海!"

她们还各自拍着大腿。

耶西敢稼接着说道:"迦西利倒不算什么。比西宾纪,吾友,要是你去干出些坏事的话,说不定还是些别的东西哩。依失![1]说不定还会烂成一小块一小块的而死。起初,你的身上必要带许多伤痕,斑驳得同花豹子一样。稍后一点,凡你的牙齿,你的头发,你的指头都会脱掉的。你只把那个已死……有三,四,五个月的耶勾菜泊想一想看……"

笑声又大纵起来。

及至霸都亚纳走回来时,这笑声还未停息。

大家把这哄笑的原因告诉了他。

他又在他妇人们的滑稽话上增加了些他的滑稽。于是那欢乐便到了极顶。大家都拊着两胁。把屁股在地上颠顿着。都笑得眼泪直流。

"赫海!……海海海!……赫海!……这个霸都亚纳,冷喀苦拉!……"

然而太阳已西沉了。

果罗可朵[2]的咕咕声,巡察鸟的嘤鸣声,摇尾鸟与食肉鸟的哀怨声都渐渐的没有了。

层层的厚雾又笼罩在迦喀的顶上。太阳更西下了。鸡喽,

---

1. 语气助词。——编者注
2. 果罗可朵者,鸠之一种。

山羊喽，鸭喽，都回圈里来了。

变幻天色的云彩也涌了上来。太阳差不多没见了。红得异常，很像那盛开的大花朵一样。更放出缕缕的光芒，越远越粗，越粗越淡。末后，它到底跌入空中那个鳄鱼的口中而去。

于时，那一片天空都血染似的红。彩色全褪，而这些光彩才一递一递的散失在长天之上。云与明霞也横抹斜飞的以至于无。那给太阳送终的大岑寂遂迷漫在各方的地面上。

一派极无聊奈的情趣把那些显现在黯淡天空中的星宿都感动了。地上的热气，也蒙蒙的蒸腾起来。夜中的潮湿也正在滋发。露水盈积在草头上。到处的路都是滑的。野薄荷的微馨真可相信它正偕着粪蛆与有毛的昆虫在风中嗡嗡而鸣。

不知是何处的杵声，原来正捣着马虐克，粟米与玉蜀黍在。不知是何处的鼓声，原来正蓬蓬然的闹着阳格霸在。

各家的火堆都一处一处的烧了起来。凭着烟子，就辨别得出迦西的所在。虾蟆等也随着阁阁的叫唤起来。地汝马，就是那头褐毛小狗，也不住的汪汪狂吠。

那可惊的是什么？那可恼的是什么？

就如在热带的水草丛中溜行的一只独木艇似的——啊！正因它缓缓的在云堆中穿着走的原故——瞧啊，那白森森的"依拍"已现出来了。

它业已老了六宵了……

第三章
耶西敢稼与印度乌拉的舌战　董窝罗的声势　暴雨后

在喀亨扎的前三天，一定要有一场暴风雨的，因那风雨的扫荡才能将这讨厌的雨季结束得了。

起风之前没有丝毫的征象。白昼的阳光向格利马利地方上升起，也和别一天似的，起初不很定，其后便晶莹而灼热了。

平平静静的，也不清新也不沉闷，那风舞着丛叶。果罗可朵等都藏在树荫中咕咕的啼唤；还有波苦杜巴，还有黑乌亚，这两种鸟与果罗可朵差不多，不过头一种要大些，第二种的羽毛是绿的。

打粟场的顶上，树子的顶上，迦喀的顶上，有无数的食肉鸟都不疲倦的在那里盘旋，并且越来越多。

有时，中间的一头，忽一翅从行列中间向那已觅见的捕掳物上闪将下来。跟着，便缓缓的把翅膀几拍，仿佛划气似的，复又高高的飞起来，渐飞渐远，渐飞渐远……

天气也不清新，也不沉闷。

猴群都在邦巴河与弭波河的岸上游戏。这里，吱吱而啼的是打鼓亚，好像在哭的一般，因为它们的叫声实是在学儿啼的原故；那里，又是些做着丑脸的冷鼓叶，它们的毛色同那黑白色的腰巾一样。

它们恐骇以极的跑散了，因为一群蜜蜂正追着一头食蜜鸟飞了来。

一霎时，只听见蜜蜂的嗡嗡声。清风在树枝当中颤动得很像它们还在飞舞的一般，它们虽然已经飞远了，却仍觉得它们还在那里。

天气也不清新，也不沉闷。

波苦杜巴与果罗可朵还在咕咕的乱啼。一片单调的歌声，与一片捣干马虐克的杵声，从一些隐在小冈之上的村落中，与夫一些为村落所掩映的小谷中传出，然而食肉鸟仍在不动的天空中盘旋，并且多得为历来所未有。

渔人马苦德，在早晨很晚的蓦然走来，把他这见面甚稀的兄弟霸都亚纳惊了一跳。

因看见他的鱼笙中有两尾大鱼，他便招呼他来共餐[1]。

马苦德与霸都亚纳是弟兄两个，并且是同父同母的，而不仅仅是如通例的异母弟兄，因为凡人只要他有本领，都能买上几个妇人，而每个妇人又能生好些小孩的。

比西宾纪也在那里，他也是受了招呼的。

他们三个人动身走了，一个跟一个，就像鸭子一样。

人不宜走在头一个。这也是习惯使然，这习惯也与黑人的人种一样的老。

地汝马垂着耳朵，跟着他们……

霸都亚纳的妇人中，有一个叫做印度乌拉的，说道："有个人做得很骄傲的。"

---

1. 此句上一个他字指霸都亚纳，下一个他字指马苦德。

她又嫉妒又淫荡，气忿不过的看见比西宾纪因耶西敢稼而丢开了她。

"是的呀……有个人做得很骄傲。一准的，不愿意听的话就别听！可是也不要紧：只要预先安排一下也很容易。可是吗，耶西敢稼？"

都笑了起来。人家是不喜悦耶西敢稼的。攻上前去罢，我的女郎！

耶西敢稼答道："印度乌拉，我信你说得很对。但我却不明白你暗示的言语所影射的是谁。不消说，你指的定是曾经嫁过一位强有力的首领门比的那个冷喀补罢？说老实话，她要是妄自尊大的话，那可错了。她岂没有把身体给那些龌龊畜生糟蹋过吗？我倒也原谅她。她本是一个白种人的老婆。这就说尽头了。"

"这臭肉岂不侮辱我么！这东西岂不侮辱我么！这臭肉的肚皮真是烂透了！你就是烂货中的烂货！不准说了！住口，不然的话，我定要拗断你的颈项的……"

"我的老伴，吼些什么？我又不是聋子。我难道竟无意识的讥刺了你吗？哈！是了，哈！是了……"

"你安心想我把这木杵在你那脏脸上打断吗？我要告诉霸都亚纳，说你偷上了比西宾纪。我一定要告诉他……"

"是，是，是。求你饶了我罢，印度乌拉。我认识你以来，已有许多雨季，但我却从未想到你是尊贵的冷喀补，也未想到你曾做过一个白种人的老婆。我莫非该向你保证说我的言语并没有影射你吗?你的品德,众人都知道的。并且还比别的人都好,你刚才说及的那个比西宾纪大约也知道你是怎么样的在撇开那些男子们……"

印度乌拉遂向耶西敢稼奔去。她安心要打她,咬她,抓她的。当她女伴们把她挽住时,她便说了许多恐骇的话,她要去向司令官申诉的。她要向众人说耶西敢稼曾吞过一种"约诺"[1],免得生小孩。她要向老人们要求罚她去喝那证罪的毒药的。到底,血为什么要沸腾哩!比西宾纪么!扑!她是无干的。人家自不会和那有迦西利的人亲热的。

"每当一个人不能吃他所想吃的东西时,总咬住口说他不饿。至于这个骚东西比西宾纪,只要他有了你所说的那东西,我是何等的可怜你啊,亲爱的印度乌拉!"

那般爱美的妇人,一听到末后的一番话,遂都和到耶西敢稼这方来。

"你进攻得真凶呀……"

"印度乌拉,这就是嫉妒使然了。当你把比西宾纪从我手上夺去时,我难道嫉妒过你来?"

"你以为他只是你一个人的么?好口味!"

"这个耶西敢稼!她真是会开顽笑!"

"她真有这些话来回敬你们!"

耶西敢稼道:"罢哟,罢哟。今天也顽笑够了。倒是来吃

---

1. 约诺是符咒一类的东西。

这马虐克的好。一种'粑粑',这才是好的。不管是床,是食物,是马虐克的饼子,是男人,是跳舞,是烟草,只有这个才是真的。"

一阵狂笑把这尾声收住了。

渐渐的,天色就变灰了,其后更变成菜的颜色。

风声来了。天气忽然的就沉闷异常。四面八方嗡嗡闹着的尽是苍蝇,苍蝇,苍蝇。

鸟儿也一一的住了声。食肉鸟也一一的不见了。

惨白色的密云从各处迦喀的后面汹涌起来。层层叠叠的。无心的随着流荡的空气走去。

立刻,一种神秘的力直将那云堆向邦巴地方上拥来。

那云比煤炭还黑,一堆一堆的联成一团,互相拥挤,互相翻腾,飞跑得很像躲避野火的野牛一样。

云堆中间又闪灼出无数光辉的条纹。而轰隆的霹雳便随之而至。

煮锅与席子都收进屋内去了。蓝色的烟子从屋顶穿出凝然的包围着各处的迦西。

无论什么都呆住了。云堆壅塞在低低的天空中。现在,它们不跑了,俯临在邦巴河,爹纳河,爹迦河之上;又俯临在耶吉的,苏马纳,耶宾纪,霸都亚纳的村子之上;又俯临在邦达补,打莽德,耶霸达,格辣打格霸,哇纳德,菩买西,邦喀苦拉等的村子之上;一言以蔽之,凡为云影所及的这片绿色地方,它都俯临着的,把日常的生活阻住了,充满着一种至高的恐怖，正候着一个尚未到来的符令在。

那一方，那一方，就在苏马纳与耶吉的之间，那乌云直分解成了若干的深灰条子，从天上一直拖到地下。

这就是雨。它也一样被那指挥云堆的强力掀着，直向邦巴河上倾下，直向格利马利地方上倒灌下来。

雨越下得大的时候，被雨的地上都起了浓雾。

乌乌乌！……呀！一阵烦热的大风，不晓得是从何而来的。

芭蕉叶互相敲打着。种种的喧声也时起时落。

这场雨算是昆格霸与嫩特赫[1]唤下来的。

大风吹着。风未来时先就有一种响声。丰草被吹倒了，树枝被吹曲了，藤萝被吹翻了，树叶被吹破了，刮着地，把红尘也吹了起来，时而吹来，时而吹去，渐渐的才微弱下去。

不过余威犹存，逐渐更散开了，逐渐更消灭了，也不知从何方而去的。于是重新又生出一派静境，静极了，仿佛一切的喧哗都没有了。

风又吹了起来。雨还在那一方下哩！雨还在那一方下哩！风裹挟着一些湿土的气息。雷声接接连连的响着。雷声响得近了。于是就下了起来。它那一阵一阵的细点向干草上，向岩石上洒得沙沙的响。空气清凉了。风势更大了。这就是所谓的董窝罗。

---

1. 昆格霸与嫩特赫都是黑人呼虾蟆的意思。

风的声威一刻一刻的增加起来。大雨倾盆而下。它又清爽,又奔迅,又洪大的,变得又密,又紧,又不停息的向着邦巴河上,爹纳河上,爹迦河上直落。犹然看得见的各迦喀上也是雨,看不见的各方天边上也是雨。遍地的草全被董窝罗与雨的暴力压倒了。树子也吃它们打翻了根,枝干也吃它们打断,屋顶也吃它们揭起来,掷得远远的。

一派穿不透的密云从一些烦热的地方上涌起。水正在寻找水,并且互相汇合,互相开出一些道路,互相汇成一些急湍与沟渠,漫流在平地上,或向河里奔去。

董窝罗更急急的摧着那些潢潦。而这越下越大,越下越暴,越下越猛的雨,或把屋顶击破,或把它压倒,倾注到迦西里,把火堆全淋熄了,把围墙全弄坍了,而且曲折的电花,闪灼的电光,轰隆的霹雳,树子倒下又将别一些树子牵引倒下的压裂声已是惊人,而倾盆的暴雨更拿起那瀑布般的声势尤把人惊骇得不了。

这一场风雨直历了一天,一夜,又次日的一早晨,一直到太阳过了中天时方止。

风倒渐渐的止了。惟有雨还在下,不过小了,一阵一阵的了,霏微了,凉爽了……

喜雨的昆格霸与嫩特赫都在变成泽沼的一些地方上的丛草中间狂叫着。

方丛草被浸着了时,方所有的低泽之地变得尽与小湖沼一样时,虾蟆与青蛙都要唱歌的。

歌声唱罢，鸣蛙！你们的声音是严重，深切，合度的。放声唱罢：虾蟆等又要吟咏起来了！……

嫩特赫与昆格霸果然唱了起来。它们很高兴这四周围都是洳湿的。像这样的遍地洳湿，它们真就算得是世界主了。它们唱了起来。

"阁——阁……阁——阁……地——地露……地——地露……克——格克斯……克——格克斯……吉底——吉底……吉——吉底……地亚——哈……地亚——哈……"或像小铃的叮当声，或像木杵的舂捣声，或像标枪的铮声，以及那或明或暗，或尖或嘎似的咳唾声，凡这各式各样的虾蟆及各式各样的青蛙的闹声，竟组合成了一部阳格霸。举凡那些鸣蛙，铙蟆，牛蟆，打铁蛙等，都合奏着它们的铁砧之音，铮之韵，以及它们的喧哗在。"地——地露……地——地露……克——格克斯……克——格克斯……阁——阁……阁——阁……吉——吉底……吉——吉底……"

到日斜时，这直成了一部震耳欲聋的鼓吹。它忽然止住。但忽然又重奏起来……

雨是全止了。道路很泥泞。蚂蚁等都弃了它们残破的巢穴，结成长队从路上穿过。一种腐物的余臭在它们走后许久还留着在。

差不多没有黄昏，天就入夜了。

月亮徐徐的从它的云窝中走出，向它星原上行去。

月亮又黄，又光辉，差不多已在圆了。周围没有　点儿晕。繁星灿烂。天上只有繁星,只有数千的星,只有月亮。

一头夜鸟啼着:"乌乌,乌乌"。虾蟆依然在闹。蝉子也在叫,蟋蟀也在鸣。几枚萤虫用它们的绿而断续的火光在远远的空中闪灼。但在它们那方面,却是睡熟了的。这已是夜里。风很缓和。天气甚冷。

第四章
大家都来赴喀亨扎佳节　黑人的白人观　霸都亚纳的反抗精神与他父亲的消极论

月亮把它星国的程途圆满了时。喀亨扎节就要举行了。

何等的幸运呀！司令官从八天以来就离开格利马利去了。因为一个思想忽然来到他的脑中要往霸买亚西那方去巡查一番！牡山羊一走，牝山羊就好生的快乐了。大家都一齐蜂拥到营盘里来。许多人都猬集在其间。只有这个地方才便于众人畅畅快快的来施行那象征的步伐与战士跳舞。

那一片广场从司令官的屋前一直开展到邦巴河，一样的长一样的宽。特为看守这地方：又有长官与属员的住屋，又有兵丁与监狱的帐篷，特为看守这种种，所以才有一个兵丁，一个都鲁古，名字叫作菩那的，单独的留下来，没有一个人能把他轰走的。

其实，谁瞅睬这个苦古鲁？苦古鲁者，乃是兵的浑名，因为他那泄泄踏踏的行动很与蜈蚣的行动一样……

因为喀亨扎等还没有来，所以阳格霸尚未举行。但若干的符号业已很慎重的把它表示出来。

十来个林卡散乱的放着，像是有所待的一般。这些鞬鞬不但小而且丑，并且还用得污垢不堪的，并且还被季候所蚀，或被白蚁蠹坏了。

可是，每一具鞬鞬都异常的膨脖着，原来是一段奇怪的树身，而细细挖空的。

树身外面傅了一层白颜色，是白泥与马虐克粉合制的，在白色的中间，从上至下，从长至宽，又画了一种红色的大条纹。

已经陈设好了的地上有若干篮的粟米，若干块马虐克饼，若干簇香蕉，若干盘青虫，若干枚蛋，若干尾鱼，若干苦的多马特[1]，若干野露笋。又有若干堆羚羊肉，象肉，极多的野猪肉，野牛肉，都是用太阳或用铁叉叉在火上弄干的。又有一些白种人瞧不起的圆根东西——如达箬，比方说，就比他们的洋芋值价得多，还有邦喀阿，或甘薯，间或是红皮，间或是黄皮的甘薯，又有若干霸霸梭，这就是白种人呼之为薯蓣的。也有若干大瓮，满盛着用粟米或玉蜀黍所酿的酒。末了，还有几瓶贝尔鲁酒。

这是在本丢都里们那里买来的，人家保存着这几瓶酒原是为首领们，为甲必丹们，为老人们用的。

当木头一浇湿之后，一派又刺鼻又浓黑的烟子遂自许多火堆中间腾起。

于是那般赴会过迟的人，便男的，女的，男小孩，女小孩，奴隶，狗，或是从邦喀苦拉的来路上，或是从布衣羊霸的来路上，或是从耶吉的来路上，都向着这烟子忙忙赶来，远远望去很像蚂蚁一般。

他们都执着标枪与箭，手上柄起燃着的木柴，以便从泽地

---

1. 此即俗名呼为洋柿子者是也。

前的林同间走过时，好照着路径，于是离了他们的迦喀，他们的草丛，他们泥泞的"巴打，——巴打"或他们的农场而来，他们遂都来了。

妇人们一到，就把玉蜀黍，粟米，马虐克等放在她们的苦拂鲁杵杖之下捣成了粉。沉重的杵杖舂着木臼时，她们便一面悠悠扬扬的唱起苦古鲁歌来。

<pre>
        苦古鲁，这个熟人，他只生活在牛粪里。
        大家都说，说啦，说他吃的只是牛粪，
              苦古鲁，苦古鲁，
        衣亚——赫！苦古鲁，荷！
        他惟一的财富，一种顶可赞叹的疾病，
        他是个好丈夫，因就把这疾病给与了他的耶西。
        而他的耶西又把来传与他们顶贵重的女儿。
              衣亚——赫！衣亚！
              苦古鲁，苦古鲁！
              衣亚——赫！苦古鲁，荷！
</pre>

笑声大发。欢乐传遍了全场。看见别人笑便也笑起来。虽然在说，却不知要说的是什么。这是克勒的功效起了作用了；因为大家都不住口的在喝，在喝那玉蜀黍与粟米酒。

        他怎样的扮扮，戴一顶都鲁古头巾，

我们看见在我们好农场的中间走将过去，
　　一个苦古鲁，一个苦古鲁，
衣亚——赫！一个苦古鲁，荷！
总之，耶西们，吾友们，你们要知道
你们应常常的不要同他共席子。
这不是为一个耶西，却为的别一件事。
　　衣亚——赫！衣亚！
　　一个下贱的苦古鲁怎么睡，
　　衣亚——赫！一个苦古鲁，荷！

　　团聚得真齐啊！门比们与冷喀补们都在这里，还偕同他们的狗。

　　霸都亚纳站在他老亲身旁，处于众首领与他们的甲必丹等所拉的圈子当中。

　　他大声的在说。

　　有人讲在邦纪地方，死了几个白种人……又讲，不久，总督就得回邦多诺去了……又讲，在法兰西的门补土那方，法兰西人正在攻打日耳曼人 [1]……

　　他一面说，一面便把些苎麻与烟草塞在他手上拿着的喀拉波里，吸燃了，依着习惯抽了几口之后，便把来周遭的传过去。

　　那个大首领莽吉亚，名字叫作邦喀苦拉的便道："霸都亚

---

1. 这说的是正当前十年欧洲大战的事。

纳，你晓得我是从克莱白热回来的。人一到旅行中，便听了许多的故事，打个比喻，就是白种人之在他们自己当中并不互爱的。常说的这句话真就证明了。前此，一个葡萄牙人控告了我，我被传到司令官那里，这司令官的肚皮很大，我们便给了他一个诨名叫柯得亚。我把我的事故告诉了他，不过稍为剪裁一下，以便容易听些。他才回答我说：'邦喀苦拉，你真是我所认得的蠢人当中一个顶蠢的人了。怎吗！可怜的老家伙，你还不知道一个布屠里盖斯本算不得人的么？呃！罢哟，最初最初——你是与我同意的，可是不是——那位白种人的冷喀苦拉把手底下顶好的东西抓了起来，因就捏成了些白种人。其次，才把捏了白种人所剩的材料制造了些不干净的黑种人，同你一样的。到最后，才打算创造一些葡萄牙人，便向他身边一寻找。原来只剩了些黑种人的粪。他制造头一批葡萄牙人就是用的这种材料啊。'"

笑声遂传播开了。

霸都亚纳向众人问道："你们觉不觉得，树胶生意不好，对于我们，真是一种意外的运气？若是没有这回事，司令官一回来了，像现在，我们就断不能到营盘里来，享受我们信仰上的欢乐了。就是在那般本丢都里中间也得遭些祸事才好，因为他们一称甘薯竟要卖我们五个佛郎，若卖给白人只值一个麦耶——十个苏罢咧[1]。"

---

1. 本丢都里者，白种人是也。法国币制：一个佛郎值二十个苏，苏之价格如我国之当十铜元，两个苏如当二十铜元，此种辅币，黑人呼之为麦耶。

耶吉的说道:"你的话真是同清水一样。对于这个可爱的恐慌,我们真应该感谢下子冷喀苦拉。亏得有这件事,所以这般商人才不得不退回克菜白热去,退回邦纪去。他们能够张着口,插脚到烂粪里去么!"

"不尽如此。啊!不尽如此罢,霸都亚纳。这因为在日耳曼的白种人与法兰西的白种人中间有了一些大冲突,所以人家才把这般勇果诺贡伯载往门补土去的。是的,凡是那些长枪,凡是那些不中用的射手,都是往门补土去的。大概我们新近的一般主人都要同他们去。我,耶霸达,相信是这样的。"

霸都亚纳的老父喊道:"耶霸达,这与我头发之白是一样的真,我所相信的,就是你把迦喀当做了河流,把你的想象当做了事实。法兰西人与日耳曼人的冲突,差不多将近三个雨季了。这里的法兰西人难道都有意思去吗?那畔是很危险的。他们为什么要走去寻死呢?凡人都要保存他的首领的,耶霸达。"

笑声又重新的大震起来。

"你总是对的,老人,我早已知道。不过,你须许可我希望这般法兰西人被日耳曼人打倒了才对。"

"唉!好蠢的耶霸达。日耳曼人,法兰西人:这总是白种人啊!那吗,为什么要变更呢?我们归顺了法兰西人,凡他们的好处坏处,我们都知道了。他们拿我们来开心得就如一群老鼠中的一个里亚乌[1]似的。里亚乌终是会把它所顽弄的老鼠吃

---

1. 里亚乌者,猫也。

了的。既然我们早迟都得被杀被吃,那吗除了我们现有的里亚乌又何必希望其他的呢?不成为避免野牛倒跌落在豹子窝里去了。"

辩论于是就扩大了。

"他说得对。为什么要变更呢?后来的人说不定还更要坏些。"

"他们并不喜欢我们。我们也这样报答他们好了。"

"我们似乎该把他们杀了罢。"

"对啦。"

"总有一天,我们会杀他们的……"

"等到邦直利,耶可马,古补,撒邦喀,达克巴,以及一般说邦达语,莽吉亚语,桑果语的人都把他们的旧怨舍了之时。"

"若有这样的时候,邦巴河的水真会倒流了。"

"而且马苦德也会在他鱼筌当中把月亮捉住了。"

大家又大笑起来,笑得非常的利害,几乎连远远的一片喧声都听不见了。

霸都亚纳大叫道:"你们可都是狗儿,被苎麻与克勒醉麻木了么!抑或你们都比我还更醉些!你们是人吗,或不是的?难道是色鲁苏的巴金格尔把你们阉割了吗?我别的不知道。总之,我告诉你们,我不能不恨白种人!我现在似乎回头看见了这个时候,其时,众门比都很幸福,很安静的生活在里乌邦纪江的沿岸上,这在贝苏——克末与克末——乌亚达之间的地方。自从头一批白种人露面以来,我们中间大部分的人遂都带起神像，煮锅，鸡，席子，狗，妇人，山羊，孩子，鸭，向克菜白热左近退去。那时我还很小。又要打仗，又要建屋，又要耕种！其实枉自费力……白种人又插脚到克菜白热而来。我们又重新逃走。格利果这地方很合我们的意。我们遂驻在格利果。但我们新近的建设仍一样的困苦。大家刚可以随意呼吸了。却不然！白种人，还是他们啊！又在格利果地方上经营起来。我们又狼狈不堪的上了长途。格利马利！我们于是就来到格利马利地方！在邦巴与骊波二河之间，一片很好的替代地供给与我们。我们遂在这里营造起来。赫那！我们的工程还未完毕，白种人又压迫到我们的头上来了。是时，我们又疲劳，又颓唐，不愿看见我们的部落就此消灭——因我们已损失了好些男丁，就是为那般驱逐我们而占领地土的军队劫掠去的——我们只好留住在这里，做些好面目去向白种人……"

那远处的一片大喧声已走近了。

"我们的归顺并未博得他们的善意。不但要想方设计来禁止我们的习俗，还打算拿他们的习俗来强迫我们。也没有到巴打拉去赌钱的权利。也没有喝醉的权利。我们的舞与我们的歌也搅扰了他们的瞌睡。除非我们纳了一种什一税，人家是不放任这些的。纳税，纳税，遇事都要纳税！政府的库是吃不饱的。实则，若他们彼此是合理的，是以正谊在互相待遇，人家倒也可以服从这般恶人。却又不然。你们瞧，有两个同的光景，那个笨人乌阿诺醉得同一个白人似的，鞭打了他的一个耶西。哈！是的：因为该打，他才打她。她不过带了点儿伤和一些儿伤稜。刑罚便来了。赫！请问你们中间，谁没有打过他耶西的？然而我们这个女小丑就公然走去告诉了司令官！司令官那里正住宿了几个过路的白种人。平日，他在他们中间算是极省俭的。这一天，却完全堕落了，他吩咐一个都鲁古去拘捕我们的乌阿诺。因为这兵丁奉行命令稍为迟延了一点，就生了气，把一只空酒瓶掷在他的头上。我们的都鲁古一脸是血的跌倒了。痛得蹙眉挤眼的。好像这是个开心的好顽意似的，众白种人遂都狂笑起来。人家之待遇我们便是这样！耶霸达：才敢在司令官的眼睛底下，冒险到巴打拉去看两个佛郎的赌博。总之，细微到一茎草也能够处你的罪的。只有白种人才特别的可以大胆去赌博……"

他眼里充满了血，更结结巴巴的怒吼道："白种人并不值什么！他们是不喜欢我们的！他们把我们当作诳人在看待！不知我们的诳话原是骗不着一个人的。然而，我们之所以要把真实美饰起来的原故，这只因为真实本来就不甚好，这只因为马虐克没有盐就没有滋味的原故。他们哩！他们无往而不撒诳。他们还用着方法与记忆在撒诳，就如呼吸一样。他们之所以高于我们者就在此。他们便到处去说黑种人都在互相仇视。哈！那，那。本丢都里们，我的天父，长枪与司令官们岂能调和吗？我们为什么似乎不如他们？人总是人，不管他的颜色如何，此地总与门补土一样的……"

那远处的喧声就如一种死尸周围的成千累万的绿的蓝的腐马在闹一样，变得更清楚了。

但霸都亚纳更手舞脚蹈的高声叫道:"一说到白种人的坏处,我再也不会疲劳的。我尤其要责备的就是他们的反复无常。他们岂非预先就许过我们!他们说,将来你们定然知道,凡我们之强迫你们去工作,只为的是你们的幸福。就是我们强迫你们去挣来的钱,我们也只在其中抽取很少的一部分。我们全是为的你们才打算建筑村落,道路,桥梁,以及在中间烧着火,便能在铁轨上行走的机器。道路,桥梁,以及这种怪机器却在那儿呢?马打!里里!一点儿没有,一点儿没有!而且,我们的财产,他们只该取一部分的,却把我们最末的一个苏都抢去了!我们这可悲的命运,你们竟不感觉吗?……有三个月的光景,我们的树胶,人家买时尚值三个佛郎一基罗格兰姆。一点影子也没有,到第二天,那同一样重的邦喀却只给我们十五个苏——即是一个买耶又五个宾霸!而总督偏择在这个时候把我们的税额从五个佛郎增加到七个同十个佛郎!因此,从旱季的第一天起直到雨季的末一天止,无人不知道我们的工作只足以供应税收,同时,还装不够我们司令官等的荷包。我们只算是赋税的肉。我们只算是驮东西的畜生。畜生么?还不哩!一头狗吗?他们也得喂养它,并且还要当心他们的马。我们呢?我们比这些畜生还不如,我们比那顶下级的东西还要低等些。他们正慢慢的在杀我们。"

一群流着汗的醉人都拥挤在霸都亚纳,老人们,首领们,与他们的甲必丹等所组合的这个团体之后。

于是就发生了些咒骂与不平声。霸都亚纳实在对得很。在前，白种人未来这里的时候，大家都生活得很幸福的。工作并不多，而且是为自己而工作，又吃，又喝，又睡，远远的还有些血斗，大家在那战场上把死人的肝子挖出，把他们的勇气吃下去，因就与勇气合同而化——这种种都是白种人未来以前，大家生活得极有幸福的日子。

眼前，他们只算是一些奴隶。对于一种无心肝的种人是没一点儿希望的。因为这般本丢们都是无心肝的。把他们与黑妇人共生的孩子都抛弃了。这般后人既自己知道是白种人的儿子，便很不爱与黑人来往。这般白种人与黑人满怀藏着的都是一些怨恨与羡慕，因就成功一伙本丢腐可，憎恶一切的生活着，并为恶德腐蚀了，又懒又坏的。

至于白种妇人们，更不必说。许久以来，人家都把她们当作是宝贝。都害怕她们，把她们尊敬得同偶像一样。

应该把她们打倒才对。与黑妇人一样的容易，并且还更卖得成钱，她们有许多为黑妇人所不知道的坏处……那又何必要否认这件事呢？

她们总愿意人家尊敬她们的啊！

霸都亚纳的父亲把手一伸。闹声遂欢然的静止下来，但歌声与乐声仍飘荡在空气中。

"我的孩子们，你们所说的都是真事。只是，你们须晓得是毫无办法的。忍耐些罢。到霸马拉[1]吼起来时，没有一头羚

---

1. 霸马拉者，狮子也。

羊敢在左近啼叫的。你们并不是顶强的，住了口罢。况且，说老实话，我们不是特为咒骂本丢们而来这里的。我老了。当你们争论时，我的舌头早已干燥起来，少叫唤，多喝酒。除了床榻与睡椅之外，只有贝尔鲁酒算得是本丢们最重要的发明。一定的，我的目光很近。似乎看见了几瓶茴香酒在跟前。霸都亚纳，你可有意思把瓶子打开来？"

这真是一具制动机。大家都不快意。霸都亚纳也伤心的笑着，慌忙来取悦于这个恶劣老汉的心情。

第五章

喀亨扎之来与舞　此之谓割礼　此之谓爱情舞　耶西敢稼利用机会失败了！一哄而散——司令官回来了呀！

一派很大的闹声汹涌起来。

那远处的大喧声已向格利马利走了下来。目前，已在布衣羊霸大路与邦喀苦拉大路的交点上了。更近了些，已临到司令官畜牛的牛栏那里了。渡过邦巴河上的悬桥，那喧声猛的一下就侵进了营盘。

这已不复是一种远而且大的喧声。冷喀苦拉已将它变成了一大群少女与少男了。

都是赤裸裸的，身上用马虐克粉与灰涂得白森森的——凡不守这习惯的便要被死神所击——头发是剪了的，眼睛很凶暴，他们一面跳舞，一面向前走来。

他们都用着一种喉语与鼻语，为大家所不懂的，协着他们的动作。因为他们用的是撒马里，换言之就是圣言。他们好像被一种狂忿鼓动着的在走的一般，而歌声与昆德的声音又调节着他们在。

大家看见他们了。

一片嘈杂而难遏止的呼号便发生出来，叫得好生利害，把沿着邦巴与弥波两河岸上的大嘴鸟都闹醒了，在月夜里格格的狂笑。

一种又奇异，又粗鲁，又活动，又凌乱的欢喜把这一大群人都摇动了，使他们站将起来。战士们都握着他们的军器。犬儿们汪汪的狂吠，孩子们也哭了，被克勒与骚乱所迷醉的妇人们便扑着脚，狂嘶道："喀亨扎……喀亨扎……喀亨扎！"

林卡业已轰轰隆隆的打了起来了。

好光明的欢会啊！在这散乱的白色之下，只有树子与树叶显得更黑。但地上却是白的！迦喀等却是白的！大路却是白线般的大路！珊波与邦巴河也只流着月光的水！

战士们都蹲在他们的战盾之后，把标枪握在手上等着。

鞊鞊一擂之后，他们便站起来，挥着枪，举着盾，直向邦巴河上扑过去。一到那里，便连忙旋转，尽快的向他们出发点上奔回，一面发着呼声。

喀亨扎等正在广场上跳舞，鞊鞊，呼声，歌声，霸纳风，昆德，所有这些音响都打成了一片。

佳节算是组织成了。引导游戏的，便是那般摩昆基——阳格霸！看他们是何等的诚恳啊！只要一看见插在发辫中的长鸟羽，以及在手腕上，膝头上，脚胫上叮当作响的小铃，便认识是他们。

其中有三个人，摇着手臂，摆着小腿，来装做一伙浑孩子。他们所扮的鬼脸把全会的快乐都振作了起来。

动作越来越紧，展开了，变得很狂乱的。在拍手击舌的当中，仍听得见摩昆基——阳格霸等的小铃与小钟越摇越响的声音。大家快要跳舞了，跳舞了！……

一种寒颤传遍了人群，并令他们连往后退。

一些小孩子遂奔上前去。他们一直走到绕着喀亨扎等的人所让出的空地中心，跳舞起来。

他们指手画脚的，又在踊跳，又在尽力的旋转，又在振动着手臂与大腿，贸贸然模仿着那般强有力的人，就是月夜时，曾看见在他们迦西旁跳舞的那般人，于时夜色沉浸在微温的天边，而昆格霸无穷期的阁阁的叫着。

一些赤裸裸的妇人，头发上抹着蓖麻油；耳朵上，鼻翅上，嘴唇上都贯着五色的硝石；脚胫与手腕都串着铜环，各人都扶着她前一个人的肩头，走来换替了孩子们。

她们拉了一个大圈子，开始转动起来，好像萤虫在黄昏时的转动一样。

圆圈依着鞡鞡的指挥拉了开去。

妇人们都用脚，用手，用声音来调协着昆德，林卡，霸纳风的韵律。

韵律紧张了。

便有一个跳舞女子，柔弱无力的，闭着眼睛，立在他女伴们所拉的圆圈打开来构成的半圆形的中间——在她们稍前一点。

于是，想象她要倒下去了，她原可以倒的，但她方倒下时，便由在她后面跳舞的妇人们扶住，换言之，就是被那般象征两只角的妇人们扶住，又站了起来。

她遂前走三步——大家都拍着手：一，二，三……——献身给与一个看不见的人。既不见纳，她依然退了回来——

一，二，三……

好像又柔弱又害羞的，接连被拒了几次，她果就仰跌过去。

她的女伴们迎住她，将她扶起。于是她就失望的走去，跳舞的规矩却要她回来的——走到象征的左端，从角尖上便脱出一个女伴，把她未能成就的事完成了。

及至男子们的时间到来——简直就变成了一种真正的狂呓！

这只算是一些极大的口在叫唤，叫得满面流汗。这只算是一种踊跳，跳得老远的地都震了。

怎样的叫呀！怎样的笑呀！怎样的动作呀！因为火酒，苎麻，运动，快活，当着这许多的男子，许多的妇人跟前，已把那愿欲中的狂热积蓄了不少的原故。

他们都在那里，就是那十个几乎全裸的男子。

众人当中，比西宾纪算是顶体面顶勇悍的。他的眼睛光辉得有如丛草中的大火一般。他的筋全努了起来。他指挥着他的同伴，因为他那又夭矫又颀长的身材，敏捷而灵动的手脚都在全般人之上。

他们的身上都用红木与脂油涂抹了的。他们各处都系得有铃铛，盖在头上的羽冠中也有，束在腰间用来缚遮羞布的带子上也有。

他们都喷着强烈的香气。因疲劳而出的汗一条条的挂在他们的黥文上。但他们并不感觉得疲劳！他们只乐着阳格霸在，所注意的也只是此事。

生命是很短的。往往在人家正不干净的时候，甚至正交媾的时候，天就忽然的明了。每经一度太阳便与死更接近些，可是不是？所以除享受以外，实在没有什么，只要人能够享受。

他们正在跳舞。

他们屈身下去，两手触着了地，便支在地上，这时要做两三个丑像。于是依然弓着背，及至他们的脚将地一拍，先起右脚，继起左脚，其次又是右脚，他们的手便猛然投到背后，划着空气，举起来又放下去，举起来又放下去，做得与那大食肉鸟正在突进，跑走，快要飞了的翅膀一样，飞起之后，便不动了，只展着翅四面的翱翔。

末后，他们一面用脚轮转着，一面就实行向空中做一种危险的跳跃，落下来时两脚两手支撑着，便这样应着林卡的蹚蹚声，接接连连的做下去。

喀亨扎……喀亨扎……喀亨扎……喀亨扎！……
……
人家就要使你们喀亨扎了，
喀亨扎……喀亨扎……喀亨扎……喀亨扎！……

一个全身系有蟋蟀的老年人，手上握着一把刀，站在一群少男之前。又一个老妇人正等着，她站在少女们这方。一般老人们便面对着这两个老人，哗笑着看这般年轻人来跳舞，就是人家快要使之受痛的年轻人。

  喀亨扎……喀亨扎……喀亨扎……喀亨扎！……
  今夜里，妇人们或都是你们的。
  你们或者也当真是些男子，今夜里，
  只要忍受过这喀亨扎。
  喀亨扎……喀亨扎……喀亨扎……喀亨扎！……
  喀亨扎……喀亨扎……喀亨扎……喀亨扎！……

  两个老人便说道："自从一个月以来，自从两个月以来，你们藏匿在森林深处，也忍过苦了，也绝过食了。在这一个月与又一个月之间，你们都躲开了世俗人的眼光，涂白了你们的身体，使死神不能把你们携往它的村里去。你们说的只是那圣语。你们远远离开世俗人的眼光，而与草木之根共同生活。在这一个月与又一个月之间，你们也曾不择地方睡过觉了——不择地而且不择什么。你们也曾摒绝过嬉笑与寻乐。冷喀苦拉是欢喜你们的。你们的考验已终结了。你们便可以寻乐，嬉笑，跳舞，生活在火气中，也可以说，也可以在你们的波格波上去睡觉了。你们立刻之间就会变成男子。你们立刻之间就会变成妇人。还有一会，人家要使你们喀亨扎的。你们的考验已终了。你们尽可以跳舞，寻乐，嬉笑了。"

  喀亨扎……喀亨扎……喀亨扎……喀亨扎！……

喀亨扎……喀亨扎……喀亨扎……喀亨扎！……
……

此刻那霸纳风，林卡，昆德等嘈杂得好像一阵暴风雨似的。但应该把呼声强勉的遏往。他们所注意的就在此。

典礼遂举行起来。

两个老人都小小心心的把他们的刀子向一块平石上磨着，他们早在石头上吐了些口唾……

棍棒业已举起，一般赴会的人都向那忍痛的少男跟前奔去，这少男正跟跟跄跄的。假若稍为一点痛楚便把他弄倒了的话，这个人便不配乎是个男子！他就该立毙杖下！习俗是这样的！[1]

而且，那个新的喀亨扎因为要把那一般被割少男的希望激发起来，遂也加入他们的跳舞丛中。

那血从创痕处直流到他的小腿上，每跳一下，便溅到邻人的身上。因他应该假装不知道痛楚，所以还是旋唱旋跳。

喀亨扎……喀亨扎……喀亨扎……喀亨扎！……
人家只是这一次喀亨扎，在他的一生中……

两个老人对于这声音略不介意，依然干着他们的割礼。他

---

[1] 所谓忍痛的少男，就是那个恰被割后，能够坚忍的喀亨扎也。

们也不听，也不向身旁看一看，机械似的施行着。他们好像是谷物熟时的收获者，冷喀补的军器一般，只在植物丛中迈步而前。

有一些少女脸色很惨淡的，一面跳一面呻吟。不管怎样，她们所不能抗拒的恐惧终用着一种战栗撼动了她们。

老妇人走来，把一个跳舞的女子止住，猛的分开她的大腿，把那应该捉的地方满指头捉住，像拉树胶条子一样拉出来，只一刀——拉乌！——便割了下来。

甚至头也不掉，把这两片血淋淋的热肉，向背后掷去，而这肉往往就打在一个男子的脸上。

那有什么要紧？一落到地上，群狗便去争抢起来。

喀亨扎……喀亨扎……喀亨扎……喀亨扎！……
人家只是这一次喀亨扎，在他的一生中。
向我们来，妇人们！……向我们来，妇人们！……
现在，你们都是喀亨扎了。
喀亨扎……喀亨扎……喀亨扎……喀亨扎！……

那两个手术家把最后一个妇人的小阴唇，把最后一个男子的包皮割完了后，遂各各拭净了他们的刀。

是时喧闹之声已到了极顶。

以前的那番事竟不算什么。所有这些叫嚣，所有这些混乱的跳舞，看来，只算是为大家所等的那一件事的预备：所谓那件事，便是爱情跳舞，便是除了今夜很少举行的爱情跳舞，因为在今天夜里，凡是什么放荡与犯罪的事都是不干究的。

林卡，霸纳风，昆德等乐器嘈杂得异常。大嘴鸟也哗笑得很凶。黑夜飞行的鸟儿也在阳格霸的顶上飞着。

不过这一切的声音都被那狂热的欢呼掩住了……

两个妇人便走了出来。其中的一个是摩昆基霸都亚纳的妇人，耶西敢稼；另一个尚为男子们不认识的。

她们两个都是赤裸裸的，不着一片布，颈项上戴了一条硝石项圈，鼻子与耳朵上都贯有一枚小圈。手腕与脚胫上的环子响得叮叮当当的。两个人的身上都涂着一种暗红颜色。

耶西敢稼除了这些装饰外，还佩了一只涂了颜色的木头雕成的大阳具。

这枚男性的象征系在她那腰间的藤带上，正垂当小肚子的下面，表示她是这跳舞中的男角。

最初，她只用腰肢与臀部来跳舞。她的脚一点也不移动。而那枚木刻的东西便因她的动作而震跳起来。

继而，她并不行动。只慢慢的向她助手那面溜去。

这助手向后一退，好像这妇人竟自不顺从男性的愿欲一般！她那表情法与纵跳的样子表出了她的恐惧来。

那个扮男性的遂挑逗着逐步追去。还鲁莽的在地上蹴蹈着。

然而她却异常的恐怖，现在竟站得远远的。停住了脚。

那个扮男性的重新向她走去，打算去搂抱她。

她只软软的推拒了一下，她依从了，并且为那扮男性的狂热所化，就如在太阳东升时的薄雾一般。

她时而拿手去掩住她的眼睛，时而掩住她的下部。她只算是一头被迫的小畜生，猛然便被获住了。

她并不急急的去满足那扮男性的需要，还把那扮男性的情欲更激刺了一会。

但是，及至那扮男性的用手臂挽住她的身体，粗鲁的表示出他不能再等的意思时——她就不再推拒了。

又当加速的跳舞节奏达到排泄快乐的喘息地位时——她们身上都起了一种微颤，彼此都不动了，不动了，而且很幸福似的……

于是一种异样的狂念遂把那般围绕在两个舞女之侧的人们弄得大乱起来。

男子们脱去了那片用来做遮羞布的东西，妇人们哩，也把她们的腰巾拉开。

胸部都跳动起来。孩子们也把长辈们的动作模仿着做起来。

一派性欲的气息，尿的气息，汗的气息，酒精的气息，比烟子还刺鼻些。

一对对的都配合好了。他们跳舞起来了，也如耶西敢稼与她那女友的跳舞一样。很有些角斗，很有些声响。有些身体偶尔的平躺到地上，而所有的跳舞姿式遂就地上实施起来。

性欲的迷醉，实比于酒精的迷醉加了好几倍，这简直是一种狂暴以极而又不犯禁的大欢喜。

只听见好些咒骂的声音。而血也在喷溅。真的。

只有情欲才是主人公。

此刻鼓声已绝。大家只奏着昆德与霸纳风。实行的人们都深愿把他们曾经激起，曾经坚忍，曾经扩大的欢喜，好生的利用一下。

他们便如此的在人众当中跳着这爱情舞，这是舞之第一种，也是各种舞所引诱而出的，没有伦比的。

他们跳舞着。

一派热气从这喧闹中腾起，很像雨后从地面上腾起的浓雾一样。

更有一对男女刚刚向地上躺了下去。

那位摩昆基，霸都亚纳，忽然的便向这一对男女跟前奔来，掣筋的手指握着一柄刀。

他口沫四溅的。

他的拳头举起来要打将下去了。

比西宾纪与耶西敢稼却比两个冷鼓叶还伶俐，业已脱出了他的掌握。

他跟着他们追去。

哈！这两个狗子竟敢当着他干起那不要脸的事来！

他非把这骚母猫的皮揭了不可！

至于比西宾纪，也非把他阉割了不可。

所有的妇人都在讥笑他，这一回他定然会被阉割的！

怎么！耶西敢稼！他之买她岂不曾出过七条腰巾，一箱子盐，三串铜项圈，一头母狗，四只煮锅，六只鸡，二十头牝山羊，满满四大筐粟米，和一个少年女奴的代价吗！

所以说到她，他一定会使之去喝那毒药的。

一种惊人的麻木状况，竟继续着这些喧闹与不可名状的嘈杂而生了出来。

跟着，在这寂静的境地中，一片呼声突然的腾了起来：

"司令官！……司令官！……"

大家都争先恐后的向各村落中跑了。

"司令官！……司令官！……"

这一阵从逃人中间发出的喧声，渐渐的便散开了。

在一些火堆，食物，腰巾，种种抛弃了不要的物品当中，只有一个老者还留在那里。

他靠着一个林卡，像是睡熟了似的。

"衣伦……歹一！……衣伦……歹一！……衣伦……歹一！……向右转！……亚特……"

只听见枪托顿在地上的声响。军队业已回来了。

排长西那底纪，哥纳德叫着口令道："衣克士！"霎时之后，又叫："波！"

司令官已跨着他那开小跑的马到来了。

西那底纪又命令道："右转！……成一行。"

司令官用排长的土名唤着他问道："桑都苦，营里这样的乱法，是什么意思啦？适才我听见的喧声是那里来的？"

"禀司令官，菩那太不尽职了。所以门比等和他的朋友才喜欢到营里来用酒润他们的口。那般人适才在路上这样对我说的。"

"好啦。好得很。凡这般首领门比，不出今日，就得缴一百佛郎的罚金给我。不然的话，监禁起来，一顿鞭子！"

"奉令，禀司令官。"

"睡在那儿的那个龌龊黑人是谁？"

"霸都亚纳的父亲。"

"这东西怎么会睡在那儿？"

"我相信他已死了，因为他喝多了酒，你莫瞧见他身边那么多的烈酒瓶吗？"

"这东西也太放荡了！霸都亚纳该赶紧来把他父亲的尸首搬去才对啦。那个卷子菩那呢？那个三脚牛的菩那在那里？哈！原来在此。日安，苦古都！日安，先生！好东西！我不知道将怎样的拿金章来褒奖你啊！这到底会有的。等着，特为教你在我出行之时好生的看守营房，你可答应我赏你十五天的监禁，而且在监禁时的八天里没有饷？现在，却不要忙！应该把这些打扫了，把这些粪便弄干净！我还要慰劳你哩！先生不高兴吗？不吗？不然的话，菩那先生只有向总督去控诉。且看总督是不是和我的厌恶一样！……西那底纪！……叫众人休息了。今天，是礼拜日。懂得吗？……鸣号。"

昆格霸在重来的浓雾当中阁阁的叫着。

黎明了，这是旱季的黎明。

第六章
爸爸死了　爸爸的葬仪　霸都亚纳复仇的计划

那里有天天都是节日的。旱季之后必是雨季，乐歌之后必是丧歌，嬉笑之后必是眼泪的。

霸都亚纳的父亲，在阳格霸正热闹时，他已穿过那黑魆魆的草场，起身向着这个村落而去，这村落远极了，以致没有一个人能够回来的。

是因醉而死了！天地间再没有比这样死法更好的！一醉之后把良心上可能的懊恼全消灭了。这只算是从睡眠到死的一段过程。也没有临命之痛。也没有苦楚。只算一种永继的滑走，一种无穷尽的滑走，直向暗影当中滑将下去。人家也不回忆。人家也不反抗。这是何等的美妙呀！

而且什么也没有，什么也没有。人家到底便息脚在冷喀苦拉的一片地上，再不然也息脚在果里公波的地方上的。

那儿，也没有蚊虫，也没有雾，也没有寒气。那儿是不消工作的。也没有应缴的赋税，也没有应服的兵役。就是差役，供应，鞭责等等，都没有，都没有的！一派绝对的静，一派无限的平安。也无须乎看，也无须乎想。什么都满足，而不管一点什么——就是妇人们也不。

自从本丢等在他们丛中插脚以来，一般可怜而良善的黑人便除了死之外，就没有别的逃遁所了。而且也惟有死才能把奴隶的束缚给他们解开。因为寻得幸福所在的也只有在那儿，也只有在白种人绝端被拒而不能去的那个远而阴森的区域内。

一般号丧的女人,及唱挽歌的女人都围着那具缚在一株树上的霸都亚纳之父亲的尸首,这样数数落落的直哭了八天八夜。

她们的头发上撒了一些灰,以志哀意,而脸上也用煤炭涂得墨黑的,各自抓着胸膛和四肢,且叫且舞。

来吊的人都萧然唱着丧歌:

爸爸,只有你是幸福的人。
是我们在哀怨,
是我们在哭你。

唉!岂竟没有把他们这单调的疲倦稍为俭省一下的习惯么!

要之,死并不是有兴趣的事啊!对于死,能要求什么,能希望什么?既没有丝毫关系,所以它就没有价值。死又不是通常需要的。它对于部落之没有好处也与一片枯叶和一块去了肉的骨头一样的。

不过,风俗与老人们对于那个循着冥途而向冷喀苦拉或果里公波的村落——位置远极了,以致没有一个人能够回来的那村落——奔去之人所作的旅行,却偏要大家在这悲哀的空气中又舞又歌的。

不消说,霸都亚纳的父亲,的确是死了。大家都不能怀疑的。

陈列了八天之后，绿色的腐马之群都在腐烂的地方汹动起来，这正是入葬的好时候。

爸爸，只有你是幸福的人。
是我们在哀怨，
是我们在哭你。

况且，又是打猎的好时候。

现在，每天晚间，都有许多烟子在四面八方的天边腾起，笔直的冲入云霄，一见就晓得早晨的光阴是很好的。每天晚间，那风都挟起鞿鞿的声音，散着那烧余的草气，与芬芳之木的香气。

既然这季候是适于打猎的事情，所以风俗便得斟酌，这个可厌的死尸就该赶快的入葬。

风俗么！今日，倒无足轻重了。

大致，少年们，凡在白种人那里供过差的人们早将这风俗瞧不起了。

青年人由于他们的无知无识，都是极狂悖的。他们不但讥笑老人们，就连老人们的智慧也要讥笑的。青年人并不努力来求理解。或者，他们还以为开颜一笑就抵得过一种理解。

所以，风俗者，只是老人们，以及老人的老人们的经验而已。把他们所知道的装在风俗中，一如人家把树胶装在篮子中的一般。

如此说来，它之要求人家把死尸陈列八天，或多于八天的一件事，岂不是枉然的。

白种人判为可异的这种长期的等待，顶好的地方，便是事前可以容许丧家来从从容容的办理那丧事。

到底，一个门比也与一众黑人似的，老是迁徙不定的。今天他在这里。明天他又在那里。后天又失却了他的踪迹。

于是乎，鞑鞑就快快的传起话来。它的呼声一被接着又转了出去。从这片山谷跳到那片山谷，越过许多的迦喀，来来，往往，从一个泽地转到一个泽地，从一个村落转到一个村落，把这新的消息传与众人，传与各个人。最有益的就在它所寻找的，好急速的回来。

人家之所以要把死尸陈列得如此之久者，这也算是理由之一种。

还有哩，尤其是为着下面所说的了。

因为一般老人们的老人们都曾注过意来，凡人以为死了的人，总不见得就死了。他们曾看见过死尸的复活。他们由这上面便断定，凡人尽能像死一般的睡几天，而终会活起来的。

总之，把死人陈列着，而且陈列这许久的事，总不对的。

因为凡那果真起身往冥途去了的人，他那死尸不多久总会腐烂。虽没有以生人的言语说出，但他那恶臭却已表示出来是愿意他们把他埋葬的。

难道你们愿意白种人能够把这种哑的语言译出，而恭维这慎重其事的风俗么!

这都是霸都亚纳的思想。并且低低的把这些思想密密告诉给比西宾纪。

因为他两个正并肩坐着,在分任这丧礼的原故。

他们两个自喀亨扎节的次日就和好了,似乎密切得同以前一样,把他们那种狂妄的淫乱与流血都一概归罪在醉上去了。

但比西宾纪却知道霸都亚纳对于他正在熟筹那复仇的计划。就是霸都亚纳也知道比西宾纪是明白这件事的。

爸爸,只有你是幸福的人。
是我们在哀怨,
是我们在哭你。

若是一个白种人身当此境,早已激怒得满脸通红了。

但邦达族人或莽吉亚族人,桑果族人或古补族人却不这样。复仇本不是趁热吃的东西。最好是把他的宿恨掩藏在亲热的情感之下,亲热的情感好比是敷在火上以便把火盖着的灰。

凡是迦西,农场,山羊,乃至银钱,人家都可以拿与他仇人去任意使用的。

人家还要竭力去窥探他的要求哩。应该把他的疑心平伏下去。所以就得把一些白的或黄的山羊,黄的或白的母鸡送与他!这些马打比失的色彩象征的是无垢的友谊。是无论什么都不能破坏的友谊。

这种狡狯的把戏也可以经得很久的。除了静候而外不知其他。因为仇恨本是一种长远的忍耐。

只要有一个好日子，那机会是成熟了的话，则这个许多月以来，比您兄弟还好的人也会遭他毒害的。或是把他毒害了，或是扮个豹子把他杀了，都说不定。

阿哈！阿哈！扮豹子么？还有些为白种人所不知道的举动哩。呃！

霸都亚纳对于他这至好的乌阳稼[1]比西宾纪所取的正是这种死法。

姆鲁，就是豹子，本是种残忍的野兽，常在茅草徘徊而过，尤其是当无月的夜里。

那豹子老是以它的爪牙将那捕得的东西慢慢的撕个稀烂。在吸饮之前还一定要把它所喜悦而正在蒸腾的血嗅一会儿的。它还要倒在血里打滚，被血沉醉着，就吃饱之后，还要久久的舐着它的唇吻去觅取那强烈的血腥。

在一个黑夜里，人家便能模仿姆鲁的行动，蒙着豹皮，藏伏在豹子应该走的路旁草里，等候他的牺牲品。

于是豹子！只一纵。人家就把他的牺牲物扑在地上。卡住他的颈项。其后，或利用缺口刀，或利用尖石，或利用手爪，像豹子所干的一样，把您颈上的血管弄破，又像豹子干的一样，把您的肢体弄得一段一段的。

---

1. 乌阳稼者，即兄弟也。

霸都亚纳如此的寻思着。比西宾纪差不多也一样的明白。阿哈！一个宿仇的尸体摆在跟前，真是可赞赏的景致啊！

爸爸，只有你是幸福的人。
是我们在哀怨，
　　是我们在哭你。

一个孩子正顽着一个奇怪的蜥蝎在，就是名为可林果的蜥蝎。

众人都知道可林果是随着它所在地而变色的，或黑，或绿，或黄，或红。

这个尖耳褐毛的小狗，地汝马，它可知道这原故？不知道的。它不应该知道。所以它才随着可林果而呜呜，然而那个被睡病弄疯狂了的，奇瘦的可色饮德，却正疯疯颠颠的学着那般唱挽歌的女子，顽可林的孩子，以及地汝马的吠声，号丧女子的悲声呢……

霸都亚纳做了个手势，并站了起来。

几个奴隶遂将那腐尸放在他生前用过的一张席子上。

轰隆的林卡声便也与唱挽歌女子的呼声杂应而起。

我们到底要将你导往
你的新居去了，
　啊，霸都亚纳的父亲。

在果里公波地方

不要追念生前。

你一定比我们幸福得多。

你一定有吃的,有喝的。

乃至无饥无渴。

但不要太过度了。

末了一段歌唱完了时,大家便走入了那个地方,便是一个人的遗体行将被葬的地方。

他所选的葬地恰在他最后住居的小屋之外一点儿……

两个又大又深的圆洞,彼此相对,下面一条地道相通。

这就是死者的坟墓。

大家把这死尸从一个洞中放将下去。

一个女奴业已溜入那个洞口。

她便从地道中把这个精神已往果里公波地方而去的人的两腿拖着,及至把两腿放平在地面上后才钻将出来。

霸都亚纳的父亲目前是背靠着土休息了。他竟坐而熟眠。而且是无论如何都不能醒的一种熟眠!

人家遂把他两腿所抵的那个洞先塞些木头,后填上了土。

他对于这异样的又湿又乱的积压丝毫的不感觉,他睡熟了。大家便将一些木头架叠在他那无知觉的头上。他也略不知道。他那紧闭的眼睛也不睁一下。

在干木头上,又铺上一张席子。在席子上,又堆上些泥土。并且大家还在这泥土上蹴踏了又蹴踏。

他一点也不管。他睡熟了。当真的,一个人既这样的入了眠,那吗在踏平的地上又何必把睡者的衣服拿来摊开,在衣服上又何必把他用过的煮锅,他的睡椅,他的喀拉波摆出来哩;其实对于这些应该为死人生活所用的东西都枉自筹备了!

干木头与席子之用,或者是不要使泥土坠下去扰了他的瞌睡。尤其是他的手上还要执着他常用的腰巾与煮锅。因为拟想他在夜间,一旦想往生人村落中去徘徊时,假使他饿了,他便可以烹煮,寒了,也可穿上去御寒,虽然是死去了。

不过这些都不很确实。他已如此的入眠了!

> 你是在果里公波的地方上,
> 在老人们的老人们丛中。
> 我们总有一天会在那儿碰见你的。

于是完毕了,十分的完毕了。

大家便在两个洞穴的周围跳舞起来,并把死者在生前所用的一切家具概投在烧燃的火中毁了。

> 你是在果里公波的地方上,
> 在老人们的老人们丛中。

我们总有一天会在那儿碰见你的。

夜色来了。寒气也偕夜色而来。

也如往夕一样,在布衣羊霸的大道那畔,大家都听见了贵人霸马拉的吼声。

萤虫都拿起它们细微的光照着这一片黑暗。而一些入夜始生的蜉蝣便在把霸都亚纳的瞌睡以及把它们的瞌睡引起的烈焰之上飞翔着……

过了几天。

大家便把死人的屋顶揭去;就是那枚木头的阳具也拿来砍破,钉在这曾为一家之父的住屋前。

因为头脑已死:所以把屋顶揭去。阳性已被果里公波召去,不再生殖了:所以把那象征生殖的东西毁却。

这个死人,已没有一个念及他。因为大家所萦怀的正有别的一些而最紧急的事情。

第一,就得来发现是那个男的或女的,曾做过恶眉眼,招起了霸都亚纳的父亲之死。

我们原是为生而生的。人之所以死者,定是某某人画过一种约诺,或干过些诅咒的原故。

那吗,就得去寻找这作恶的人……

其次哩,哈!其次,这是打猎的时候。

呃哈!那崩格与它那褐毛的弟兄温格霸,就是那生长在远地中的,快要与猎狗们冲突起来了。

呃哈！那些果瓜正疯狂的在叫，尾巴直竖了起来，被火焰与烟子熏瞎了眼，正在跳跃，正在互碰，正在飞奔啊。

在邦达族人的猎网里，岂有得不着什么东西的！兔子啦！羚羊啦！西比士啦！血花飞溅！肠肚垂垂！口鼻间喷着白沫！标枪，飞刀，箭，棒等的鲜红把戏正顽得热闹！猎狗也喘吁吁的，挂在那壮大之兽的腰间，吠呀，吠呀！……

不管是如何伟大的死人，他怎能抵得过这种快乐的行为，这种欢欣的运动，这种醉人的屠杀，换言之，就是怎能抵得过我们这些正当的生活？

第七章
两个情人的幽会　耶西敢稼用危言来怂恿　比西宾纪与之偕逃

太阳一过了中天,便向它建在大地模糊之交的迦西那面沉了下去。

太阳简直是一位善良的老人,而且是极平等待人的!所有的人,从最伟大到最卑鄙的生人,它无有不为之而光辉的。它也不认识富翁,也不认识贫汉,也不认识黑种人,也不认识白种人。

纵然他们的颜色不同,纵然他们的财富不同,总之,所有的人都是它的儿子。它平等的爱他们,平等的嘉惠他们的农场,为见好他们而把寒冷苦人的浓雾为之解散,把雨为之驱逐,把黑暗为之扫除。

哈!黑暗。它一直把它追到它的窝里,毫不怜悯,毫不疲倦的。别的东西它一点也不憎恨。它的光线可以使病人重康。并且还专为他把那顶热烈的抚摩储蓄着。光明即是健康,也即是快乐!因为这个又年轻又老大的好太阳正是那生命之域中的广大而安静的欢愉。

凡是人不能够支配,不能够达到的,它都达得到,支配得了。

从许多雨季,许多雨季以来,人们继续着人们,好像一条河里滔滔不断的水一样。他们有一些孩子,而孩子们在将来也会有孩子们的。

草，它吃的是地，兽，它吃的是草，人哩，他吃着草与兽——都死了。凡有迦西，有烟子，有生命的所在——有羊群农场，村落的地方——茅草就滋生起来，几天之内又不见了。河流也有涸时。不过这却是真的，便是人们都愿相信他们会在他们儿子之儿子的中间复活起来。到底那顶老的人家终会消灭，也与在雨丝下的红炭一样。

然而这善良的老人罗罗——它只害怕依拍，即是只害怕月亮，既然一到晚夕，它就因它而逃了——这老罗罗，这善良的太阳，这光明的太阳，总是很年轻的，往日也如此，今日也如此，明日也如此，直是天神与地祇的摩昆基，就对于那业已消灭的人类一定还光耀着的……

比西宾纪平伏在可色冈霸迦喀顶上一个最高的岩石上，静待着。

有时仿佛是一条缠在树枝上的可可诺，张着它那有毒舌的口，似乎想把太阳咬着或吞下去的一样，有时他又打一个呵欠，换一个地方，重新又不动了。

那畔，那片小小的又光净又明亮的黄色地方，原来就是邦巴河上的官署，就是格利马利。

差不多就在这片又光净，又明亮，又黄的小地方的极端，有一个极小极小的迦西，一过迦西，便生出许多疆界，都非常奇怪的，或属于门比，或属于达克巴，或属于莽吉亚，或属于郎格霸西。

他的眼睛复借着树木的阴翳随着那蜿蜒的邦巴河看去，这河越流越大，屈屈折折的从那些无一株树的迦喀之间穿过。

人家正在行走。行路的声音把那些西比士都惊了起来，西比士这东西又像兔子又像老鼠。人家颠顿在石子地里，蹴起了一阵阵的尘土。原来人家正在行走。肩头上担着标枪，一面唱着歌。

一带低陷的地方。这是与邦巴河合流的爹纳河。倒不干什么。我们再走远点去看。

人家又走将起来了。已看不见可色冈霸，已走过耶霸达的村落与马喀那迦喀的一些高峰了。

并没有好多小谷，而到处都是迦西。这正是郎格霸西的地方；这正是李撒的村落。

到处都是农场。到处都是草地，草地，草地，德喀河就在这些草地之端，流入了冈吉亚的河中。因为，在这时候，邦巴已一变而为冈吉亚，只有冷喀苦拉才知道是怎么样的！

再过去，又是别的一些部落，为他不甚认识的。再过去，就是那诸河之母的里乌邦纪大河，在洪水时节，白种人便从这里乌邦纪大河乘着一些广大的独木舟向摩伯衣而去，那些独木舟并不用桨板划着走，一面却从一支管子中唾着烟子，那管子很像一种绝大的烟斗。

他注视着这些地方。在这些地方中产生极多的野牛，一论到打猎的事情，真是最有趣的。

不过最好是不谈这些果瓜，因为它们的原故，曾同一个达克巴生过交涉，这达克巴是人们中顶卑鄙，并且顶不讲信义的人——除了白种人外……

一种无边的厌倦仿佛像死一样的从茅草上腾起来。酷热落在茅草之上，很像在一个铁匠的霸巴纳中已经熔化了的矿铁一般。

一派机关枪的声音也就在那些食肉鸟所盘旋，而烟子最浓的地方砰砰訇訇的响着。

实实在在，两个月以来，从朝至暮，大家都在烧草。两个月以来，夜里总是被一派的烈的火照得通明的。而且微风一面吹着火焰，一面复把火焰里的爆碎声带得很远的。

比西宾纪静候着。

一个围着用根盖捣破的葛巾的妇人忽在那盘旋于可色冈霸胁间的小径上露了出来。

她不慌不忙的向前走着，一根烟斗含在口里，一只手掌着她头上顶的那个大箪瓢。

比西宾纪业已认清那妇人了。

这妇人就是耶西敢稼，他前夜曾约她来私会，她此刻正是来赴约的。

他的眼睛变得冷冷的了。他很不高兴。因为这种腰巾，妇人们每月只穿八天，而且总是那一种原因。

在别的部落中，并不用葛巾或捣过的树皮，用的或是黑布，或是蓝布，或是红布。

不过，颜色虽异，道理却是同的。现在她更走近了，他把她看清楚了。原来她的额上还系了一根红绳而头发并没有梳。

这真是他的运气啊！于是他相信终可以把她得到手的，冷喀苦拉在每月中必使妇人们要患的那种普通疾病，她岂不是已经有了呀！

她站在他的面前了。

他们静悄悄的互相握着手，而且并肩坐了下来。

何以还要彼此遮掩呢？他们在目前已毫无畏惧。所有的人都打猎去了。人数顶多的村落都荒凉了。留在村里的只是那般老人，病人，瞎了眼的人，在生产中的妇人，山羊与鸡。

至于狗，各村落中的地汝马都随着它们的主人走了。

比西宾纪很赞美耶西敢稼的。

他是如何的在想她！真的，他周身导着血的蓝绳子中好像也有太阳在跑的一般。

不过，她的颈项上何以要戴一条三行蚌蛤甲做的项圈？脚上何以又要戴一些红铜的大环子？

她实在秀美得很。一块小小的木塞穿在她左耳朵上；又一块穿在右边的鼻翅上。这些装饰很给了她一种特别的样子，而这样子也只有她才合式。

她的两乳甚平，臀部甚大，大腿圆而有力，脚胫甚细。只有头发配不上这副面孔，配不上这个可爱的身体，本来，一个妇人正当不洁的时候，暂时是不留心打扮的。

她也偷眼的观念着他。

比西宾纪在轻盈当中又显得有力，这就是男性的美。

一副十分齐整的骨格，肩头与胸膛全露着虬结的筋，没有肚子，两腿长，平，而有劲。

到他跑起来时，他定能超过那狂嘶而逃的门霸那的！她岂不知道他正是青年最好的时候，既然那般得到他不只一次的妇人们都努力的把持着他，所以，她们就该哀怨而垂泪的被打下去，就该忍受着她的咒骂，横暴，轻蔑。

耶西敢稼说道："比西宾纪，我应自己照料着自己，应该比以前还甚的自己照料着自己。因为那巫师已宣言说霸都亚纳的父亲之死是由于我的过错。把他送与恶神的就是我这个人。保护我，比西宾纪，保护我！你是强者。若你不置身在他们与我的中间，他们一定会杀我的。魔法的试验业已做过了。不过一直到现在，那魔法终嘉惠着我在。别一天，我出来时，人家便杀了一只黑母鸡。依着习惯，在它死前一点时，便放了它。可是到死的时候，它却倒在左边，并不会倒在右边。你晓得的这意思就是说：耶西敢稼不是罪人，应该另寻那个把恶运投与霸都亚纳的父亲的人。但是，事情如何呢？那般老人们商量之后，却不照着这明显的记号做。因此，我就只好等候去接受那试罪的毒药。倒是一定的，那些毒药，我并不害怕。只要我饮了肮底，这就不生反感了。我甚至还要把它饮得很多的。这就是使毒药不生效的惟一方法。不过第二种危险躲过。我却如何去避免那别的危险呢？一定的，我的酷吏们断不愿丢开他们的诳话的，断不会因他们的诳话而照习惯纳出一些礼物来了事的。赔偿我两名妇人，两名奴隶么！罢哟！他们宁可拿一些那特沙给我灌在眼睛里。于是我的眼睛定然就瞎了，因为我尚不知道那保护眼睛不使那特沙侵害的解药。于是，他们就会一齐叫喊说冷喀苦拉已说了，他们已得了我犯罪的证据了。大家定会打起我来。拿石头掷我。凡是这些狗都狂了，他们恨我，因我曾驱逐过他们，一定会欺我的柔弱，污辱我来满足他们的愿欲的。比西宾纪，比西宾纪，他们还打算把我的手浸在开水里！或者把一根红铁灼在我的腰上！比西宾纪，比西宾纪，我还得去受那饥渴的刑罚哩！我还要受寒哩！并且，还是活的，人家就把我埋在霸都亚纳的父亲的旁边，因为我的死足以见爱于他那已平伏的疯狂的原故。比西宾纪，我是很想你的！你也知道我想你，只有你这一个人！一直到现在，我们之未能同睡的原故，这岂是我的过错？我是被人嫉妒着，监督着的。你也一样，人家监督着你，人家嫉视着你。所以人家将来就向我说这时候也有人在侦察我们，那我也是断不会吃惊的。不过，你瞧，人家终于枉自堆起那些障碍，水到底是要向水流去的。比如迦喀等，不怕它们怎样的壅塞，终不能禁阻两道河流的汇合。因此，只要你的愿欲能稍稍与我的相等，那我在几天之内，一定是你的人。请你决定……"

太阳已不很热了。而鞑鞑和角笛已传出了请客的声音。比西宾纪一听见就懂得霸都亚纳正等着他去。这只是要告诉他，说他快要烧他的那片猎场，就是位置在苏马纳的达克巴村落与耶吉的冷喀补村落之间的地方。

耶西敢稼又说道："比西宾纪，你今天可是很想我吗？

哈!只要我为从了你,而能把月亮在我血上所处分的事实弄迟一些时话——不要笑我的这老实话——那我一定高兴干。不幸,我们是妇人们,终不能够的。血在我们身上流动时,我们只有等着。你是知道的。你也知道我之想你实比你不能够想我还利害得多。我的全身都在想你。我已经属了你。你曾要求过我;我却来了。一到我身上干净了时,你定能得到我的。等着,我们逃跑了罢。我决然为你做饮食,为你洗衣服,打扫你的迦西,在农场上割草播种——所有这些事,只要在我们走了之后。就走,你可愿意?我们往邦纪去,你就在那儿去当一名都鲁古。只要一当了都鲁古,不怕是什么门比,谁敢倡言来反对你?没有一个人——就霸都亚纳也不行。你瞧,这不是不相干的,就是那般司令官也只懂得他们的兵丁要他们懂得的……我们走罢!我是不想用口去吃毒药的。我是不想把我的手伸到开水里去的。我是不想把我的腰放在红铁上去灼的。我是不想把我的眼睛弄瞎的。我是不想死的。又年轻,又康健,又强壮,我还能活上许多雨季。而且生活,这就是同人家愿意的男子同睡的事……"

比西宾纪站起来,退了几步。

太阳的独木舟满盛着血影,荫翳在天边上。

鸟儿都不歌唱了。那同样的寂寞遂普遍起来,这寂寞在早晨太阳将升的一顷时之前,和在入夜之前傍晚的一顷时是一样的。

"耶西敢稼,你说了许多的正经话,都得沉思一下。况且,我敢向冷喀苦拉给你发誓说,你终不免要起反省的。不过,这还不是逃跑的时候。且让打猎毕了时。其后，我自会往邦纪去应兵役的。都鲁古——照白种人的话说就是兵丁——人家有一支枪，一些子弹夹，一柄大刀悬在左胁的皮带上。穿得整整齐齐。脚上也穿的是皮屦。头上戴着舍西亚。又有工钱。每逢礼拜日，当达达的达一吹起时，人家就到各村落中去干他的小崩德雷，村里的妇人很赞美你们的。除了这些直接的好处，还有那更重大的哩。因此，不但不出赋税，而我们还要帮着去收入。凡那该出钱的村落，只要我们侵犯去一抢劫，而那般人便得到了他们的赋税金。我们把一些树胶给人家捣碎。还要把那般当桑都苦的人强迫拉将去。这都是兵丁的工作。到处走去，以便得到我们的安逸，而首领们和他们的人还要送我们的礼物哩。这些细小的满足遂把都鲁古的生活造得又温柔，又欢乐，又容易，又舒服的，这些事，司令官们也不大知道的，一如对于他们所在之地的语言一般——就是我们的地方和我们的语言。结果，某村岂是不甚大方吗？于是人家就给你们捏造出一些故事来，这故事也无头也无尾的，而且人家便把这故事告诉给那好强的司令官。司令官总是又正直，又懂道理，又明白的，一起首就把那些东西监禁起来：鸡，首领，狗，妇人，山羊，小孩，奴隶，农产物等等都收没了。其后，鸡，山羊，狗，农产物，妇人们都拿去贱卖了。于是人家就把由此得来的钱偿了赋税。有时，把山羊与鸡分送些给他们的朋友，拿一些去送与总督，而总督到升官进级的时节一定想得起他们的殷勤来的。在这种情形中，他们还要让我们去分享着那些狗，妇人，山羊，农产物……老实说，只有平静的司令官们才肯用这种仁人的态度。幸哉，他们都不是一样的！可是，没有这种人，冷喀苦拉，我们却往何方去呢？实实在在，我们的司令官好战的很多。这般人把那只是一步一步走的门霸打，偏刺得飞跑起来。而一般仆欧，以及仆欧的仆欧们都跟着他跑。人总是这样和那可怜的奴才们逗着顽，而奴才们又是办不到的。把长途走完时，司令官们给总督呈送一大叠伯体去，伯体里夸说着我们的武勇，和他们的武勇。诳话是称不出我们的司令官的！所以大家都高兴起来：我们哩，只是讥刺他们；而他们却谈着一些可赞美的故事，这只是从他们幻想中生出来的……说到这里，我可要走了，耶西敢稌。大家已四面八方的在呼唤我。我走了。耶西敢稌，你所走的路是何等的好啊！"

"比西宾纪，你所走的路是何等的好啊！"

她看着他走了去，越去越小，不见了。于是，把她头上的大筸瓢弄亭匀了。她也就慢慢的上了路。

一个星宿满天的好黄昏呈在眼前。空气中飘浮着香木的香气。黑影筐着那鲜红的野火。

月亮在天上弯得和飞刀一般，不很光明。一颗透明的星在那暗蓝而空虚的中央，距月亮不很远处光辉着。

平安的幸福，沉静的明光，似乎并没有什么不幸的事该生出来，生活的美，你们所缺的只是那聚敛的寂寞。

但是，那殷殷的鞳鞳声，被逆风与远距离所闷住的鞳鞳声犹然在黑夜里轰轰隆隆的……

第八章

比西宾纪在黑夜的路上　还是他杀
霸都亚纳　或是霸都亚纳杀他

比西宾纪在黑夜中走着。

他带了一张弓，几支箭，一个箭筒，并携了一柄极大的黑孔果，样子倒与标枪相似，不过枪头的铁既宽且重。他还佩了两把飞刀，一个装食品的大袋，并且在左边大膀的里面尚用皮带系了一把匕首。

他就这样的在那沉沉的黑夜中走着，也无挂虑，也不慌忙，不过，只要有一点儿微响，他耳朵就注了意，眼睛就侦察起来。

到底他右手执着一条火绳，在黑夜中行走，究竟走了好多时候？

他自己也不知道。只有白种人才能够把时候分成同等的距离。而且这些距离，他们又必需把来关在一个小盒子中，人家就从那两枚，有时是三枚不一样长，不一样快的针上，去看那记号。

走过了可色冈霸迦喀，又走过了补补小河——耶巴阿！他曾在这河中洗过一回好澡——又走过了河边的那个小村子，这是德勒补首领名下一个甲必丹建的；在邦巴河一个小支流上，是官署的畜栏所在，旁边是葬白种人的坟园，都走过了；走到邦巴河，便是架在水面上的大桥；末后是官署，是它的农场，是司令官的果菜园,是大厂屋,逐步都是树胶做的阶梯,屋里住的是首领们,甲必丹们,和他们的人们。

一过邦巴河,他就绕着霸都亚纳的村子,向另一个孤立的小屋走去,那渔人马苦德就住在这里。

他从马苦德口中知道要在何地才会得着霸都亚纳。

因他依着马苦德的指教正要上路了,马苦德忽又给了他几句不明白的忠告。

也因忠告的话说得不很分明,颇使他懂得他的生命原来被威骇到了什么程度。

不要再俄延了。应该动手。而且赶快。

一会儿,他忽然寻思人家纵招呼了他,他尽可不必去的。但再一想,不对,他不去更显得奇怪了。他有何险可冒呢?是在霸都亚纳的人丛中而会见他吗?不受他的约束倒也不是难事。

好风啊!吹送着号声,火焰的爆裂声,和那声声相应的林卡唤人的声音。

应该动手呢,还是死呢!动手啊!却在何处动手?又怎样的动手法?

夜景甚佳。有鞚鞚。有蝙蝠。有鸥鹉。有萤虫。远处还有火。一片星光灿烂的天。还有露水,露水哟!

哈!夜景真好啊!

不错,但是……如何取决呢?今夜,人家一定不会杀他的。人家绝不在证人跟前杀人的。

但是，他，他又怎样把霸都亚纳的苦恼摆脱呢？

吁门！一个小小的里胘督就够打发他了。他说不定悄悄的把来渗和在霸都亚纳的饮食当中。自然，扮豹子也可害他；就是标枪的用处也不可厚非的。只是，这两种都有痕迹！里胘督就不然。

比西宾纪两眼瞅着地，以免碰着树身或石头，这样的正在一片很大的红光中走着，这红光因风激起，突升起来好像飞上了天。

他遂丢了他的火绳。

然而他却沉思着在走——一片野火从布衣羊霸那方，从好几方面一直腾到它所延烧着的那迦喀上。

那火舌一伸一缩的舔着更进了步，并延着岩石，随地烧起来，或绕着一株不幸的树子，一股一股的攀到树颠，一直到树子倒在它红焰所燎的夜里，还舍不得抛弃。

等着机会吗？不能。把机会引致来吗？是了。困难的就在此。

最后的努力啊！所有的火舌已联成一个绝大的包抄，达到迦喀的顶上了，而一片又红又黑的烟子也从这里冒出来。

到底是他杀霸都亚纳，或霸都亚纳杀他哩。

自然的，杀人总比被杀可喜得多。当人家正在青年而妇人们都安排来如我们的愿欲时，生活是有趣的。

他向四面一看。到处都是野火。迦喀等都像耸在黑夜里的一些火把，正熊熊的烧着。

他是应该杀霸都亚纳的!

得啦,得啦,得啦!……行猎的意外事情多啦!他们很是亲热,有时可以令人稍稍怀念及之!

好罢!人家本瞄准了一头兽,而所杀的却是一个人!他并未向众人说他的手技是巧的!顶好的枪手也会打不响他的火枪的。呃赫!

瞧那茅草上的火呀!

每年烧死的可怜人实不知有多少!火毁坏了一切,而不知它所干的,也不知它向何处而去。人家只要在猎场上睡一场午觉,就包管一睡而不能醒。火已经过,只有水才可以扑灭的火——毫不虑到它的可怕——便什么都完了……

那么,茅草的火或猎场上的意外事都可以的。

他嗅了一嗅。

吁!呸呸。唉!火里一定烧死了一些人,一定还是活人,所以才从粪便上发出这种不可受的恶臭。

这恶臭还挂在你们的鼻子上,抹也抹不去。真臭啦!

吁!这种臭气!一定烧死了一些人。

他遂很留心的向四周一瞧。这一夜,每到路角上似乎都有一个仇人埋伏在那里。非大大的留点心不可。

哈!原来是一个白蚁窝。

还另有一个,斜斜的放在这一个上。他遂向右边走去,因为第二个的白蚁窝正指着右边在。

更前一点,他忽觉得在肩头上触着了一段折枝,脚底下触着了一块砍碎的木片，继又触着了一茎茅草。

这些物件的尖端都是向左边趋的。他遂斜趋到左边来。一条小径。果然在那儿。

他自然而然的就依了这些指示的记号，因为本丢们枉自以为茅草都枯死了，他们实在是自己欺自己。

原来那茅草自早至晚，自夜至晨，都像一个老妇人似的正说着话在。

其实，像人家在臃肿的林卡上打出的鞳鞳响声，又如角笛与号筒的唤人声，又如一些混杂难分而学着各种鸟儿的叫声，又如人家从一些高冈到一些高冈用火做的记号，又如滋生到路中间的草，又如依着老习惯把这一个白蚁窝架在那一个白蚁窝之上，又如一些有定形的密叶，又如一处一处纵横架着的木块——或是有响声的，或是有光明的，或是不动的——这都是一种活的语言，一种极复杂的语言！

可恭维的到底是那茅草！人家以为它死了吗？它却是活的，不过只告诉它的孩子们，只告诉它们自己！不管是烟子，是音响，是香气，是活动的物件，它总是用它愿意的语言致送到它所占领的场所，致送到树木所生的场所，把细草繁荣起来，而且使野牛驯服下去。

可恭维的到底是它：不管是迦喀上的，是泽沼中的，是野林内的，是牧场里的！

一片犬吠声吐着恶意与威骇。一道树胶火把散出光来。还有两个醉人的声音。这正是霸都亚纳，同他的老母亲，以及那头褐毛尖耳的小狗地汝马。

比西宾纪业已走到了。

但他怎样的去杀害霸都亚纳呢？猎场上的意外吗，或是茅草的火呢？

不过，这时候，只宜打算自卫的方法，不应该再想去攻人，不管他怎样的得了预告，他既然毫无疑心的堕入。人家专为他掘下的陷阱中了！

第九章
比西宾纪，你好险啦！黑人的神话
——日，月，星辰，善神，恶神，瞌睡神

比西宾纪立刻就明白了他是如何的不小心。

他的跟前是一个醉人，这醉人业已将他拖入了埋伏地，他在此处只像一个孩子似的。

一切似都安排好了。

他原来正在森林间一片隙地上，这里距那沿着弸波河，或跨河而去的一些道路都很远的。

证人吗？没有一个。或以为不然：却有两个，就是霸都亚纳的妈妈，与那头褐毛小狗地汝马。

但也可以说等于没有。一位母亲，无论如何不会反乎自然，而害她的儿子的。地汝马哩，唉！那也不会把事情的经过泄漏出来的，因为在人们的记忆中，从未看见过狗能说话。

那么，睁开眼睛，比西宾纪，吾友。若其不然！……

他遂远远的坐着，把他那里孔果放在地上，把匕首也解了下来。因为凡要杀这个人，就不宜吃这个人的东西和饮他的酒。

他把那递与他的食物与玉蜀黍酒都拒绝了，并假装不留心他东道主人们的失望。

"马苦德业已请我吃饱了甘薯，吃饱了熏鱼，喝够了克勒了。霸都亚纳，我实在不能再吃。你以为我在撒谎吗？只管摸

我的口袋。它里面装的东西全没有动过。"

他摩抚着地汝马,因为它正走来舐他的手。这狗很快活,在地上打着滚,又一面打喷嚏,并呜呜的摇着尾巴,还轻轻的把那抚摩它的指头咬着顽。

不过地汝马也与其他的狗一样,换句话说也可以为敌的。因此,他就不再与这个也可为敌的顽耍了。因为到它懂得的时候,它一定要扑咬他的。

然而,霸都亚纳越喝越醉,竟站起来跳着那象征爱情的跳舞。

他以为在跳舞,其时他只是跟跟跄跄的,头也重,脚也重,眼睛红而朦胧。其后碰在一段木头上,他便长躺了下去。

地汝马立刻就绕着他狂吠起来。这对于一条狗,真是好顽的事啊!

霸都亚纳爬将起来道:"在这样的时候中,意林古所遭的也是这同样的意外事啦。"他并且笑了起来。

"说到这里,我要向你说说意林古,我意思所指的这段故事,大概你还不知晓一个字哩。听我讲。在那个时候,就如我们现在一样,那大地是无限的,以及地上的茅草,野林,河流,姆鲁和门霸那等等。人们是业已有了。而且同人们一齐有的,就是寒冷。假使没有寒冷,人们定是很享福的。他们抱怨的只是那寒冷。因为剥夺他们四肢轻快的也是冷。引起他们瞌睡的也是冷。他们抱怨得很,于是依拍,就是那月亮,才把意林古叫来,这意林古又名色那腐,托它用心来教人们用火的方法。从依拍所住的地方到大地上,那行程是很长的。因为要走得快些,依拍便借着一条极长的绳子把它降到大地上,那绳子上又系了一个林卡。而且只等意林古在林卡上一敲起来,那绳子就收了回去。由于意林古的教导,于是人们立刻就晓得了火不单是驱寒,而且可以把四肢烘暖,而且可以煮食物。而且可以光照黑暗。意林古于是就变做了他们的好朋友。他们复把一切觉得是很神秘的事拿来问他。就因为看见在他们身旁的一些生物渐渐的消灭,于是那畏惧的观念遂侵入了人们的信仰中。那些一旦睡下不再起来的生物的精神,却往何处去了呢?从此,人家就枉自说及他们,恭维他们,柔抚他们,而他们再不用他们的语言来回答。他们老是动也不动的停留在那里,苍蝇汹涌在他们的鼻孔里。而且,赫那!他们还会变成一大堆尸虫哩。他们于是又求教起意林古的学问,而它除安慰他们的恐怖外很难回答,于是就去寻着他的主母依拍,向它说道:'人们的种正陷在痛苦中。他们很害怕死,因请我来求求你,问问他们能否把那驾御的法律取消。''快去安慰他们,我善良的意林古。我从前造他们原造来与我一样。我也要死的,不过,在我隐形的八夜之后我又重新的复生了。但望他们忘记了这件事。并且,为使他们相信我的话,你从此就生活在他们的丛中。'那绳子又重新把马身的意林古放在那林卡上垂下来。他两手握着绳子,一面胡乱想着一大堆的事故。于是他以为到了地上了,遂放开了绳子与林卡,一下就堕在空间!勿庸再说它的跌死。但从此时起,人们便也只有死而不复重生了。"

比西宾纪虽听着霸都亚纳在说。然而他的思想却奔放了开去。霸都亚纳把那只有很老的人才应该晓得的神秘事都泄漏给他了。乌吁！还是不相信！比西宾纪，他终是死在他手上的！还是不相信！他只等着机会在。或者就在一霎时……

"火，霸都亚纳，你说到火吗？你以为是意林古奉了依拍的命，到地上来教给人们的吗？这也是可能的。不过住在里乌邦纪那岸的人却不以为然。照那般人的意思，火是地汝马的祖先寻得的。据说有一天，那第一条狗正抓着地游戏。它业已挖了一个深的窟窿，忽然的，它却苦苦的叫起来。它时而撑在这一只脚上跳。时而撑在那一只脚上跳，并且打着战。它的主人很诧异它这种声音和样子，遂走近窟窿边，放脚下去，衣亚乌！他也着燃了一下，于是他才发见了火。这些都是耶可马的桡夫们告诉我的。"

"比西宾纪，你的这般耶可马都是说诳说烂了嘴的。我告诉你，人们之所以晓得火的原故，全靠着意林古，全靠它一个。就是开辟土地，堆集迦喀，画分河流都是它。但是制造头一批男子和头一批妇人的却是依拍……比西宾纪，我还知道许多的事故，知道许多为别人全不知道的事故，因为在你年龄上所不应该知道的事你通知道了。"

比西宾纪并不露一点威骇的意思。因为说话并不是指手画脚的。他只留心看着霸都亚纳的动作，就一点儿也很留心的，而且绝不分心到霸都亚纳的妈妈的笑声上去。

霸都亚纳又说道："你可知道依拍，就是那月亮，它是罗罗,就是太阳的仇敌么?不晓得吗,是不是?呃!啊,这话已很久了,都说罗罗又是男的又是女的,同依拍本来共同生活得很好。到我向你说的这时节,依拍与罗罗各自有它的一个爱得了不得的妈妈。依拍的妈妈极其怕冷,罗罗的妈妈极其怕热,因而罗罗就担任来伺候依拍的妈妈亚克拉,而依拍也担任来伺候罗罗的妈妈了。殊不知这样一掉才不对得很。那老妇人亚克拉习惯了冷,遂因太热而死;罗罗的妈妈也因习惯了热,受冷而终。从这时起,那仇恨遂把罗罗与依拍分开了。因为依拍的能力过于罗罗,所以一到黄昏,她就将他逼跑,所以一到天晓,她就躲开。你是不知道这故事的吗,酣!比西宾纪?而且你可知道那些亚门伯勒比吗,就是你瞧那天上一闪一闪,而多得如撒了一地的当十钱,或像许多许多眼睛在那里挤眨似的,你可知道那些亚门伯勒比都是一些窟窿,天雨时,雨水就是从那窟窿里滴下来的。古时,凡想当母亲的妇人们——古时的妇人都是想当母亲的——便不宜吃小山羊与乌龟。我们因而便知道吃了小山羊的一定不孕,吃了乌龟的,生的孩子老得最快,走起来也慢得同乌龟一样。我们又知道我们的先人们都能够随意求雨。他们都有求雨的本领,不过一定要到播种的时候才施行。一到播种时节的月亮在天上游行之时,他们便一把盐撒在一根大的红木炭上。雨不久便降下来了,因为盐随时都可以引水——水是盐所爱的。人家又告知我们,登多诺是一位恶神,它住居在人们的肚皮中。你肚皮痛的时节,这就是登多诺在那里苦痛它,这就是登多诺在作怪。而且冷喀苦拉,就是我们竭力凭它发誓的冷喀苦拉，你可知道冷喀苦拉么？它有一个极勇敢的妇人。它孩子的数目比茅草还多。两个最大的叫作纳都鲁与郎果纠，帮着它们的父亲来管理它的村子。冷喀苦拉的家庭对于人们都极和善。凡人向它要求的，满能答应，不过，只须事后送一点各色的礼物。它们惟一的仇人就是果里公波。大家很受了它的殃，赫那！因为，常常的，果里公波在杀冷喀苦拉的朋友们，冷喀苦拉也在杀果里公波的朋友们，它们一冲突起来，大地上一般不幸的居民总要赔偿些破煮锅的。还有达德拉，达德拉者，就是亚门伯勒比的活动兄弟，也很像它们！达德拉，就是在有些清爽的良夜，看见从天上到地下飞走的那东西！达德拉，隐去时响得同火枪声一样，你能知道这达德拉是什么？不能，不能，不能的！你或者也知道，除非你活到头发白了的时节，不过，我却怀疑，因我正是那般相信你断不会活到骨头老的中间之一人。大凡一个人打算多活些日子，就不应该太爱他邻人的妇人们，而邻人的妇人们也不应该太来找你们的。罢哟！我宁可住口的好些。我觉得我的话已超过了我打算说的了。这真是你的利益。不过，今夜我醉了。所以才把我想说的话都说得太过。但在我闭口之前，我还要把果里公波的故事告诉你——它的真名字叫作秃罗勒。可以这样说，果里公波小得来看之不见。有些人竟自咬住说它只生存在理想中的。其实，它是存在的。这不是诳话。假使它不存在，为什么凡是身材矮小的人都给他一个诨名叫果里公波呢？果里公波住在何处呢？住在高冈上，崖穴中，森林里面。它吃的是蜂蜜，是薯蓣，是树胶树上的果子，是上选的象肉。它并没有特别样子，差不多与我与你一般。因为，脚，腿，臂，它所有的都与人无异——就是其余的也相同。只有一件可注意。就是除了头发，在它身上寻不见一根毛的影子。要是你寻得出一根来，呃！那你真就骇着我了！果里公波虽然小，然而气力却大得非常。它比一切的人，比一切的猛兽都有力，因此，要是你遇见它，就慎防不要伸手给它。它一握你的手，便会拔去你的指头。果里公波有许多许多的农场！它是很富的啊！它是很强的啊！这并不是想象的话！不过，它枉自富，枉自有那与人种之数相等的孩子，却终寻不够那作工的人去治它那广大的农场。在雨季，它无求于人，是不离开它安居的窟穴的。但佳季一到，果里公波便出来寻事了，腰间围一簇树叶和草，当作腰巾用，执一柄绝大的里孔果，预备了一具人所看不见的口袋。是时，条条道路对于它都是好的，都属了它。它便在那嶙峋的平原上奔走，那里被太阳火炙着。它所安排它那些可怕的恶戏，就在这儿。它汗流浃背的走来走去。它走来走去。并且它一得了手，就使你们从朝至暮的彷徨起来，把你们的生魂在路上分开，使你们在村落间来回的乱走……却因在旱季中，并没有好多人上路；在旱季中，大家都在打猎。红与带血的肉实比众人的农场还值价得多。页赫！那是什么？在果里公波所走的一条路上，正当太阳当天，热得比开水还凶的时候，显出了一个人。这人疲劳以极，只觉得果里公波逐步的走近了他，一直走到他的顶高处，并且在他的后脑上——吧！——结结实实的打他一下。于是它的牺牲者便满眼火星乱爆,耳里如蜜蜂似的轰着,喉里又干又紧的倒下,两膀向前,气息粗得比铁匠的风炉还凶,于是睡着了。他睡着了。稍不耽搁时间。果里公波便赶快把那人的灵魂塞在它从不离开的口袋中,并且赶快,赶快的向它的农场奔去。一到那里,它就把睡人弄醒。'你可愿意做我的农场?我随事供给你。你也可以得到妇人,仆欧,鸡,山羊。我可以答应你,你断不会失意的。不过我希望你能在条件内接收我的提议,我告诉你须准备不要重见你的村子,不要重见你的一切东西。你可答应吗?回我一句话。'不管它怎样说,大概果里公波提议的只有被拒绝一道。重新——吧!——一锤打在那不幸人的后脑上,又被装进口袋,赶快几步,运到他被袭击的那地方。及至我们的朋友复苏时,颈项必很痛,头脑必很沉重,两腿必很棉软。全身无力而寻思何以致此。尽你所寻找的去寻找!果里公波到底干了些把戏。你总之寻不出。然而,不是开顽笑的,假使你知道来看它,你一定不远的就望得见这果里公波。它正竖着耳朵,张着眼睛,听着,瞅着,等着在。比西宾纪,你对于这故事是怎样寻思的?"

"霸都亚纳,我寻思这故事是很可注意的。但你却想我说些什么呢?照我想,太阳的打击和果里公波的故事是一而二,二而一的。"

他微微的笑了笑。

他也很知道一些故事的。他很想他再述一个,就是关于解释奇怪的睡病的。

不过这故事太长了。这或者只好等到第二次再说了。

好一会来，地汝马早在它卷起的嘴唇之间拿起狗的言语呜咽着一些不平之声。

它忽然的直向小路边奔去，并站在那里，直到一个人的拳头止住了它的吠声。

原来是一般迷失在黑夜里的耶吉的冷喀补。

何等的运气呀！他们一来遂很使比西宾纪放了心，把他从忧虑中间解放出来。

他赶快的就聚了一堆树叶，并睡了下去。

他是很有瞌睡的。在这样夜里，人家断不会杀他的。最好是休息罢。

一会儿，两眼闭上，他遂寻思："明天，定然会天明的。"

其后，他的头便徐徐的辗转起来。人家正在他的旁边大说大讲。他的呼吸变得亭匀而有力了。

他睡熟了……

第十章
猎场上　霸都亚纳说狮子生活，
比西宾纪说白种人猎象遭殃

在清晨的时候，各处茅草路上都是极潮湿极清新的；柔香甜气的草萧萧然的响着，微风一过，树叶都动摇起来；浓雾如蒸汽一样——从小冈和山谷中向着淡白的太阳腾起；凡是炊烟，人声，鞳鞳，唤人声，呼叫声，都醒了起来，醒了起来啊！哈，顶高处，是鸟儿在树间歌唱！顶高处，是食肉鸟在那里盘旋！顶高处，是明光耀目，似乎是褪蓝色的天！

晨光真好啊！古苏，就是那茅草，所有的茅草都快烧将起来！页赫，门霸那，已不是嘶鸣的时候了！就是你们，崩格，就是你们，温格霸，你们都应该好生点不要以那拱嘴捣毁了你们的巢穴！羚羊，到我们这儿来！西比士与登多诺朵，到我们这儿来！把你们身体卷成一个毛团！登多诺朵，竖起你们的刺来！火是不会注意这些的。果瓜，你们叫着逃了罢！你们因恐极而成群结队的，尾巴伸得笔直，咆哮跳跃的逃走罢，肚子贴着地，比箭还快，比风还快，仿佛突然听见你们背后有那贵人霸马拉正在吼叫的一般！

乌亚邦，达拉门霸，你们也逃了罢！被你们长耳朵的影子与一切别的东西所怖，不再相信你们的跑是很快的，逃啊，逃啊！所有地汝马的那般残酷兄弟们都可怕的。你们不要再向那与你们身体一样棕黄的地上去潜伏了。所有的保护东西都丢开了罢！就是你们的巢穴也不是平安的。对直走去，向那黑烟不再显示说火已烧着了茅草的地方走去。你们总应该逃啊，逃啊，逃啊！……

昼景真好呀！昼景真好呀！野烧一起是不能不有所获的！不过，一检点起来，人家定看不见果罗[1]的。因为这种兽都生有很长的蹄子，很长的颈项，临着那顶高的草，而且习惯在极辽远的地方上生活，大抵都在乌亚门与迦波，以及迦波与亨德勒之间，生活在有刺植物最丰富的区域里，因为这植物就是它们的食料。

哈！果罗的身躯又高又有点子花纹。

就是那躯干绝笨重，鼻上顶着两只不相等的尖角的霸撒拉格霸[2]，也不会看见的。

霸撒拉格霸的眼睛又小，又红，又凶，看起来非常的丑，它的颈项全是一团团的筋，它有极可怕的力量，耶巴阿！

它一下看见你们么？胡卢！它就对直向你们冲来！无论什么都阻不住它的来势。凡是当着它道路的，不管是丛草，是泽地，是树木，是藤萝，它都一例的冲碎，踏碎。

凡去追逐它的必无幸！凡到它吃草的水边去游行的也必无幸！这人当要如何的来自卫！这人要如何的去祈请冷喀苦拉的强力的保护啊！若是这个人一不当心，跌在一个霸撒拉格霸的还在冒热气的粪里，因见那粪堆之大，啊！尤其是不禁的叫

---

1. 果罗便是通称的长颈鹿。
2. 霸撒拉格霸者，犀牛是也。

道:"乌失!好大呀!"那吗,就倒霉了,哈!不错。

那吗,这霸撒拉格霸便呜呜的狂忿起来,肚皮张着,从胃上呼出一种暴风的威势,奔将来,把这个人触翻,睡在他身上,同干竹子似的把他压破,又起来,一阵蹴踏,然后才巴打那,巴打那的走了,一直到那死尸只成为一种血酱,而夜里,金狼们来分享这残余时。

若与看见它的粪时,最好是把鼻子捏着,瞧不起的唾一口,说道:"俞怫!好臭啦!"

那吗,这霸撒拉格霸一听见这句无礼的话,便羞着了,便赶快的躲开了……

虽没有果罗,虽没霸撒拉格霸,倒也不要紧!人家就猎那寻得到的。打猎为的是打猎。这是一种强勇的游戏,是人反对畜生的争斗,是技巧反对残忍的争斗。

打猎因为危险很多,是用来练习打仗的。可以证明一个人的技巧,勇气,生力,坚强。眼要准,脚要敏,行动要轻捷,要不间断,又要不喘,不停,不岔息,要能够跟着那带伤的兽尽跑。

如像乌亚那,西比士,达拉门霸,登多诺朵等小畜生,只用狗帮助着,倒很容易在张着的邦达族所用的网罟中擒获到手。猎网之对于这些小畜生真算是躲不开的陷阱。

如果合了式,就用这种方法,也可获得一些小身躯的羚羊之类的东西,但一逢着波左波羚羊,或曰马羚羊,以及温格霸,果瓜,门霸那等大畜生,这网罟便不能用了。

果瓜与温格霸更非把它们弄疲倦了，逼迫着，追赶着，是不大会跌倒在那特置的壕窟中去的。

追赶果瓜，这时节就是顶危险的。

它一觉到那血从伤处在点点的滴着，渐渐要死了时，它便挺着额，低着头……

比西宾纪跟着霸都亚纳，如此的交谈着，安安静静的走着路。

地汝马垂着两耳跟在他们的后面。

随时都有些门比，冷喀补，达克巴，来与他们相会。他们都执着标枪，箭，飞刀在……

首领们都蒙着鸟羽，身上涂着红木，抹着蓖麻油——因为猎日也是个节日——他们都一面走一面唱，大半都带着一些狗，与地汝马一样的褐毛，也与它一样的颓唐。

天气甚好。那风，一派甜软的风，从太阳所由升的地方向太阳所降的地方吹去，扇着那些茅草。罗罗在走到中天之前，它还有很长的程途待走哩。一些林卡的鞳鞳声笑呵呵的一直腾上那无路的地方，就是罗罗所住的篮村子所在的地方。比喀迦喀的高峰在天边上只算是一个小小的黑点。但人家在早晨才从那里走过来。

昼景真好啊！

这一小队人到两路交叉的地方便分开了，一队向苏马纳村落走去，一队向那色鲁苏的旧日陪臣，名叫耶吉的所辖之下，一些废了的冷喀补村落走去。

各队都集合在它应到的地方,以便到必要时,就可完成那已定的事。大多数的人都是用来防备火的,扑灭火的,放火的。行猎的人,真正行猎的人只是很小的一队。

所以有一些人便一直走到党瓜河去,这河与姑姐河都是汇流到吉林比大河去的。

应该放火的地方就在这里。

有些人停在这条河的左岸,有些人停在首领达克巴——页拉,名叫喀阿达的村子上,有些人停在马搜昂喀的岸上。别的一些便走到选定的地方。那地方正在公霸的亚河与果波河之间。霸都亚纳与比西宾纪两人就分在最后的这一队中。

预备的东西都拿了出来,淡巴菇装满到管子颈上的喀拉波也传送起来,而地汝马与它的兄弟们都扮着丑相,打了相好了,大家结结实实的吃着,喝着。其后,便话言起故事来,膝头抵着下巴,脚踵抵着屁股。

霸都亚纳说道:"大家都说霸马拉与姆鲁出来时总是一群一群的。这是真的,凡霸马拉求食时老是带着那母的在。也是不错的,那母的也老是带着它小的们在,而公的也很高兴去养活它的这一群。不过这种家庭生活却经历得不很久。一到小狮子能够各自求食的时节,霸马拉父母便要教它们如何去使用那威力,到离开以后。实实在在的,那年小的狮子们也与青年人一样,是令人很难忍受的。它们所欲往往过于所能。它们的饥饿似乎从没有饱过。因此,想饱的就得劳动。都乌,都——都。霸马拉父亲吼起来,转着它那可怕的眼睛,耸着它那短鬣毛，张开它的大口，并把那生气勃勃的尾巴左一下右一下拍着它的腰胁。还有一种传说比前一说更容易记些。有许多人都相信猛兽在埋伏的时候要叫唤。真是疯话！这是信口开合的话！我们瞧啦。凡那跟着羚羊脚迹走的猎人是不是要把那可能的声音强勉弄到最轻最轻的？那吗，霸马拉何以又不同呢？要是它吼了起来，那它所要捕取的野兽岂不都被这吼声通知了吗？那些野兽或者逃得脱的，就在这一声里！不呼。霸马拉只有在一下把那合口味的捕捞品咬断，或擒得时，要表示它的快活，它才吼叫的。都乌！都——都！……舒服极了。我的饥火已平了，或者不久就要平了。我觉得很高兴。我甚想在太阳地里去追逐我的影子来顽耍。我的吼声快要把左近的果瓜与羚羊骇坏了。都乌！……畜生们真是畜生们呀！自从它们认清了我的声音，因为它们听惯了的，它们还不知道我吼叫的时节，是不甚可怕的吗？那！……我的肚子装饱了。我强健了而且想消遣一下。跑到迦喀的峰头上去罢。都乌！……哈！我真好笑。从我所在的地方，看遍了这一带。那我看见的是什么？远远的，只看见一群群的果瓜在平原上飞跑。因为它们已听见我的吼声，这般无辜的东西正在逃走呀！我应该大笑啊！都乌！都——都！现在，且去找一个地方，可以让我清清静静，凉凉爽爽的去消化我胃上的东西……"

比西宾纪道："而且大家都咬定说门霸那是绝不触人的，反之，枪声一响，它们还会逃走，霸都亚纳，你想想看，他们不是与可色饮德一样的疯么？所以你说的话就很合我的意思。

这有好几个雨季了，我在克末住了几天，那里正来了一个高大的白种人，他专门在猎门霸那。他的名字叫可格兰。可格兰是一个很少看见的本丢。他的身材有撒拉族人或冷喀马族人那么高，一对晴天似的眼睛明灼灼的在他的脸上，就如在天上的太阳一般。他蓄的头发很长，鲜在颈上，一部大胡子，他的气力绝大，差不多一拳可以打杀一头果瓜。我们都很爱他。他的生活也与我们可怜的良善黑人一样。他吃的是我们的饮食。只有一张波格波做他的床，也如我们一样。他夜里躺着身子睡觉的，也就在这席子上。一天早晨，人家来告诉他说有一群门霸那。它们正践踏着位置在距乌亚达不远的果补族的村落的农场，这正在乌亚门伯勒的界边上，鳄鱼极多的地方。他遂取了两支枪，把一支交与他那最好的一个引导人，他所执的那枪内只装了两颗子弹。于是上了路。那运气真宠惠他啊。就在这天，还在太阳刚要西下之前一点，他就发现了许多新鲜的蹄迹，他便跟着走去。蹄迹好乱呀！没有疑义。它们正在那儿！挨挨挤挤的，树枝全断了，象的鸣声四彻。只听见它们胃上不断的咕咙咕咙的声音。它们正在泥里打滚，正在喷水。因它们躲着太阳，正在树木之下，挨近一片泽地的地方。那白种人便带着他的向导慢慢的向它们爬过去。末后，他瞄准了一头，那象正靠着一株树，向他这面在看，自然已发见了他。好一对大牙！生在它的腮边上，于是……唉！那门霸那虽受了伤，业已向他走来。在这同样的几刹那中，人的生命真短促。要是那畏惧不立刻把你们弄死的话，那只有在痛定之后才重新觉得是真可怕的。他忙向旁边一闪,想躲过那庞大的畜生,躲过后,遂又急速把枪擎起,把枪机一扳,……搭!却打不响!怎样做呢?他的向导呢?已担着那换用的枪没见了!逃吗?不可能。他只好等着死。死神却也光顾了。死神正在那里——正在那一双生气勃勃的小眼睛里,正在那屈折骇人的长鼻管里,正在那刺人耳朵的叫声里。死神正在那里。死神……其后是怎样的经过呢?人家却不十分知道,既然没有一个人在那里。然而人家都同意说那可怜的良善白种猎人被门霸那掷到空中,而门霸那也被它这牺牲物刺了几标枪,然后才一牙触破他的肚子,让他躺在地上。到我们的可格兰回复知识时,仍然是独自一人,觉得非常的弱,哈!非常的弱……他手脚并用的爬到河边,就在此灌洗他的凶伤。他的五脏已垂出了肚皮。他把来重新还到肚皮里。其后,因为天夜了,他遂在一片纸上写了几行字。后来,从那畔几个白种人口里,我们才知道那字的意思是:'我大约再看不见克末了。'他错了。他还是重看见了克末,因为人家已赶快的把他抬了回去。他的样子并不很痛苦。不过他的脸却很惨白,他的身体很烧的。他的鼻翅凹了下去,嘴唇紧闭而失了血色。人家赶快把他放在蒲团上,把蒲团放在一只下邦纪去的独木舟中,夜里就越过霸昆都险滩。因这时正是洪水天气。邦纪的达克多诺为医治他,枉自把他们的法术都用尽了。没有一点效。登多诺业已使他的肚皮腐烂了。现在,那白种的猎人才叫唤起来。他叫了起来。他的肚皮鼓胀得好像一只装满东西的口袋。每夜,那般神甫都在看守他,一面念着哀告恶神的祈祷书。都不中用。果里公波的手已压着他了。他到邦纪八天之后，便死了……"

太阳正当空照着。白头翁鸟儿到处宣传着那稀奇的事。每天在同样时候所必吹的三阵风便从褪色的天边奔来，旋成了团，挟着一些脏东西，枯叶，与尘土。

这风从太阳所由升的地方吹起，直向太阳所由降的地方吹去。眼前，已吹到最后一阵，仍变成了微风。

于是，或左，或右，山谷里，高冈上，泽地边，一片号筒，角笛，鞳鞳声响便应起来。并且，忽然的又一片释蛮的喧声："亚哈！"

这是符号！这是符号呀！猎事便举行了！它动了手了！

一派烟子便从党瓜河的四周腾将起来。

这确是烟子吗？

是的，是的！在初时很微，几乎看不见，到黑焰腾起，便散到天空去了。

大家尽可以把标枪的枪头在飞刀的刃上磨擦着。

"亚哈！"

第十一章
猎前娱的乐　豹子霸都亚纳倒下了

亚哈！那符号！瞧那符号！火已在进行，火已洪大而炙人，它已烧起来了，它追赶着小畜生，击杀着蛇虫，恐怖着猛兽，扑击着草与树木，这火，为下次播种期拓出了许多地盘，而且，它经过时，还将这土地改良了不少。

哈！谁在说火？谁能拿一些宽大与热烈的言语把它恭维得恰好，谁能恭维这个分散的，不过有时也是团聚的，而常常都是头绪纷繁的太阳，就是那无论昼夜，不管有风无风，只除了雨，老是辉煌灿烂的太阳？

应该歌咏它那活动的光明，歌咏它那不同样的面目，歌咏它那前进的，温柔的，顽强的，宽大而神秘的热气啊。

光荣的火呀！

尘土的飞扬把你们的眼睛眯着了吗？那吗，火是位置在睡人身边的。它呵呵的响着，以它的热网轻轻的将睡人裹起来，并且用那像小死一般的瞌睡，把一切排开，就这样将那睡人扶起，向每晨大家必从那里复苏的梦境中而去。

烧热病把你们制伏了吗？你们因寒而瑟索吗？火偏能把血的道路整理好，就是在你们手臂上的那些蓝绳子当中流动的血。

使你们通身发松的也是它！能用那光明的摩抚把你们僵直了的肢体弄软和的也是它！它如此的温柔，大家尽可相信它是与那止痛的油一样的了。

果然，筋肉都渐渐的活动起来，都渐渐的自由运用起来。烧热病与疲劳都不见了。人也不再觉冷。外面的雨只管下啊！火依然在那里，而且以它的烟子，把飞而叮人的蚊子驱开，以它的光，把湿气驱开。

你们寂寞而愁苦吗？你们需要侣伴吗？请不要走远。火就是良伴，就是朋友，就是弟兄，就是心腹。它既可以烘暖肢体，又可以烘暖胆气，既能把心情折伏下去，又能把它挑拨起来。

人家还常常的挨近它并且因它的力量做一顿热饮食哩。如此一顿好饮食，大可以安慰人，而使人舒服，一切东西都能因它而分外的丰盛。不因它引起信心的快乐，是不会爆响的。

因此之故，谁能把它恭维得恰如其分？尤其是，谁能唱得出它那鲜红的歌来，方其，大火熊熊——又宽阔，又猛烈，又盛大，又模样多端的，把它那一丛丛乱发般的火焰，缭缭绕绕向茅草，向迦喀上投去，而挟着为它摧残了的树木上一派震耳的大喧声时？

谁能把茅草上的火的歌说得出来？这里也是它，那里也是它，近处也是它，远处也是它。它并不专在一处。一霎时，就把那沉静的气氛吞灭个干净。它从草上一跳一跳的走去。它越走越近。等着，不久就看得见它了。还有一点时候，也不过一点时候——一定听得见它那狂忿的啸声，那它就要到这里来了，而遍地都有烟子。

但是……但是！它往何处去呢？它岂不是对直向着弸果河与苏马纳村子那方而去吗？

赫！补补。我的风朋友！补补，我的弟兄，请你把火向喀阿达村子扑去好了！冷喀苦拉是何等的宠惠我们啊！不然的话……

哈！瞧它回来了。诸事都如了意了！那火，它回来了，烟子，更盛了。空气中已传出了香木的气味。我们再把标枪与刀磨砺一下，这是末一次！是时候了！

林卡的鞯鞯声啊！它说的什么？

一些野牛……被火骇坏了，正在跑……向着里霸里的村子在跑……还有吗？……在这村子里……有……扑火的，……放火的……放火的人……不久就要举火了……一部分茅草已引着了……他们很注意的……

亚哈！亚哈！林卡的话说得很好！亚哈！里霸里村子，烟子在动了——黑了！

好多的食肉鸟呀！……好大的烟子呀！……已看不见天。烟子与食肉鸟把天都遮了。并把太阳也遮了。只有烟子，只有食肉鸟！食肉鸟之多就足以证明小畜生之多。瞧！其间有三头，不是一齐的直向地上射了下来吗？它们抓的什么？行猎万岁！……

所有这些呼号都交错在一片断断续续的呐喊声中。

人们渐渐都来齐了。混乱与喧哗也增大了许多。各门比村子的人员都在这里。波诺与乌阿诺，霸都亚纳的甲必丹们，正同他们的摩昆基在说着笑。最注目的还有三个冷喀补首领，诨名冈霸赛儿的耶吉的，里霸里，爷勒登果。

至于比西宾纪，他也正同那疯子可色饮德在开顽笑。

可怜的可色饮德啊！他怎能走得到果波河边去呢？

他靠着一条拐杖的扶持，方能仅仅的站得起来。

可怜的可色饮德啊！哥波火罗，就是那睡病把他的肌肉都侵蚀完了，弄得只似一副活骷髅的形态。他那但见骨头的大脑袋活摇活动的支持在他那青筋暴露的瘦颈项上。那使他头发变成褐色的疾病并把他的眼睛弄得在眼眶里闪灼得同火星一样。而且，全身打着战，因为死的寒冷业已冻僵了他。

不过，这个可色饮德，当他两手一撑着腰肢时，他也可以强勉来跳舞，只是他的膝头却互相敲着——风一吹来，他的笑声便发作了，简直不能遏止。

于是，他忽的站住，从他口袋里取了两头拳大的松鼠来。

绕着这两头登多诺朵便拉了一个大圈子。

这两头小畜生都各自缩做一团。拉着圈子的门比与冷喀补等，都响着他们的标枪，铁敲铁，刃磨刃的，一直到他们都轻轻的跳舞起来，一面在这畜生的鼻子上敲着拍子，谐着这武器的合奏之声。

  登多诺朵，登多诺朵，

   多，多，

   登多诺朵！

——叮……叮……克郎……克郎……那刀刃这样的响着——克郎,克郎,叮,叮。

　　你,松鼠,你,松鼠,
　　舞啦,舞啦,
　　你,松鼠!

然而,那茅草上的火被风一吹,那烟子已向果波河上侵去。

这却与可色饮德算好大关系。他张着咽喉笑了起来,这可色饮德。他笑得眼泪婆娑的。

哈!本丢们柱自说差不多无事不知。他们却不知道登多诺朵最感受音乐,而且随意跳舞起来,也与狗一样的自然而然会投到水里去游泳。

　　登多诺朵,登多诺朵,
　　　多,多,
　　　登多诺朵!

克郎……克郎……叮……叮……

就因为笑狠了,他的两胁直在皮肤下突得要破了。他还在笑,笑,笑。笑得发呕。并且,他忽的滚在草里,把草也滚倒了,眼睛闪着,满口的白沫。

  登多诺朵,登多诺朵……

  都站起来!站起来!火的喘息已呼呼的吼出声音来了,变得更热了,炙人了。它的烟子已很闭气。呜!
  野牛阱已好好的用树枝遮严了吗?遮好了。一切都准备了。射手们就位!现在只有等待,眼睛藏在皱起的眉毛下,而标枪握在手中。
  一片闪光,一片炸裂,一片轧轧声,一片轰发声,一片呼声。其后就是灰,就是残留的草,就是燃烧的叶子,就是蜜蜂群,就是小鸟与种种昆虫的飞跃:有粪蛆,有蝴蝶,有蚱蜢,有苍蝇,有蝉子。再后又是灰,又是灰!
  风把火的速度更促进了。火焰已变得明白可睹。它们宽而长的舌头一直舐着干草,使干草尽爆燃起来。
  一片喧声!一些西比士。又一片喧声!一些羚羊,一些野猪,一些乌亚那。这竟是佳节!这竟是欢乐!丢克!原来是潴水!两支,三支,五支标枪洞穿在一头畜生身上!血液熏蒸着!哈!血的气味真香!它真可醉人啊!
  一些羚羊!一些西比士!一些比布里!杀这些缩做一团,与登多诺朵一样,遍身生着硬刺长刺的猪!
  血呀!血,到处都是!行猎简直是一种野蛮而鲜红的跳舞。罢哟!总在一头乌亚那以上呀!……

"亚特……注意！……一头姆鲁！……赶快跑！……赶快到树子上去……到丛林中去……赶快呀！……何处寻找一个藏身之地呢？……一头姆鲁！……一头姆鲁！……赶快跑！……"

比西宾纪也无空暇来听，也无空暇来想。因为群犬的吠声，它们主人的呼声，大火，以及大火的爆响，大火的热气，一看见血而生的狂醉，以及一看见那些粗豪举动，就是他与他的伴侣们适才施为的那些粗豪的举动，而生的狂醉，所有这些音响，这些动作，这些光明早把他弄呆了。

恰恰就在这时候，一柄大标枪猛从他头上嗖的响了过去。

谁掷出来的？

霸都亚纳。

不过，在一眨眼之前，他已从旁边投到地上，平伏着，以便躲过向他跳来的那头豹子。

及至他全身还在打着抖的站起来时，那猛兽已带着怒吼不见了。

返而在他左近，那个摩昆基霸都亚纳，返倒在门比及冷喀补等所拉的圈子当中，呻吟欲绝的。

原来那豹子，看见那支标枪向它掷来——却又不曾制住它的死命——不由就生了气，跑过时，便一爪把他的肚皮抓破了。

第十二章
临命时的报复

霸都亚纳微微的呻吟着。

从十五宵以来,他都是这个样子。从早至晚,从暮至晨,他都躺在他的波格波上,无休息的或呼号或呻吟。

一派烧热不断的侵蚀到他的骨头里,打着他的两鬓,烧着他的身体,并使他时时刻刻的向人道:"喝水!……喝水!……"

把东西一喝下去,但不久又把他喝的东西呕吐出来,并且痛极了,又倒在他的波格波上。

不过,这一天,也不呕吐,也不发热。霸都亚纳,他也不叫唤了。一种冷汗把他全身都打湿了。他仅仅能够动。虽不抱怨,他却说了起来,说了起来,说了起来,非到一种濒死的残喘扼住他咽喉时,是不大间断的。

还有一些时,或者还有一夜,顶多也就是一夜和一日,这霸都亚纳,这伟大的摩昆基,终会变成一个旅行家的。

只要眼睛一闭,他就会向那没有归路的黑村子而去。与他的爸爸,与他那般早于爸爸而来的老人们相会的,就在这村子里。

那地方,也看不见骊波河,也看不见邦巴河。也发现不见高峰,也发现不见深谷。人家也不再蔑视白种人。也不再服从他们。也不能因妇人们的原故而同某某人起争端了。歌唱与跳舞也不常常的有。在旱季之后，必有雨季。人们总只生存得一霎时的。这种真理的证据便在那里。因为，它就指挥着霸都亚纳在。因为他不久就要死了。因为在此日之末，这种不省人事的谵语已继着不宁静的状况而生，不错，这就是临命的光景，这就是"勒亚——勒亚"。

可怜的霸都亚纳！

然而人家本是极当心他的！啊！自从遭了不幸后便不然了。

一个伤人实实在在总是有趣的，尤其是当那伤人的名字叫作霸都亚纳时。

当然的！

不过，为一个伤人，难道就说不注意那一群中了标枪而牟牟叫唤的果瓜吗？

自然不能。

因此之故，人家就一任我们的霸都亚纳裹在一张被单内，放在一株树子的阴影下，叫他的狗地汝马看守着，大家便跟着野牛追了下去。

稍缓，大家才关怀到他。

冷喀苦拉！不能留下来与伴侣们大吃大喝，而抽身回往邦巴去，这是何等讨厌的事啊！

人家把他睡在一张舁床上。四个人执着火把在前开路。这火把遂以一片烟雾腾腾的光把黑暗洞破，其后就随着抬舁床的，四个门比，而后卫还有四个人，也执着火把。

最末便是比西宾纪与地汝马。

何等迟缓的行程！何等沉闷的行程！何等的迟缓，无言，而又沉闷的行程啊！

夜里的芬香，萤虫，翅子的声音，露水，早已熄灭的火——人家或见之于左，或闻之于右，或从中穿过。

并且一派的静境！

执火把的逐程逐程与抬舁床的交换着。

大家都默默无言的。不宜走得太快，也不宜走得太慢。不宜颠顿，也不宜有鲁莽的动作。稍为碰一下：霸都亚纳便嘶叫得与一头被标着的温格霸一样。冷喀苦拉之所以不听见，因为它是喜欢这样，不然就是它的聋病还没有药饵医治。

他们沿着古多比亚行去，超过耸在霸一都地方上的那一带尖冈，攀上比喀迦喀的峰头，这地下藏得有一些透明的紫色石子，本丢们说是很可宝贵的。他们达到了德霸勒村落，喀哇那的凉水就在此间流着。

到这里，休息了一下。也是吃喝的时候。继而，又上了路！

一道河：布亚巴打。又一道河，在格利马利的那方，偏于右边，稍远一点：是耶孔霸。继而，一道一道的，耶可，耶可的合流处，打伯。还有最末一片泽地：巴打喀拉。

其后，就是那些种植玉蜀黍，粟米，胡麻，扁豆，落花生，公波，甘薯……等等的地方。

止步！大家已在摩昆基的迦西之前了。

你们已在霸都亚纳的迦西之前……

白种人有他们的达克多诺,黑种人有他们的巫师。一定的,这两种人很相似,一定的,巫师们比达克多诺值价得多。

有好的达克多诺和不好的巫师。也有好的巫师和不好的达克多诺。

不过,他既到了,大家就该在诸事之先,实行巫师的命令。

因此,在霸都亚纳的迦西之前,早已照着巫师的指导,在一种大眼的筛子上,放了些有效力的蟋蟀,香袋,抵抗恶眉眼的符箓,可以惊怖恶神而驱逐它们的小铃铛,小钟儿等。

不管怎样,恶神总不急急的退去,于是一些唱挽歌的女人和一些顽肱喀的人便来看守着霸都亚纳。

赫那!人家枉自用着呼声与最可怕的鞭鞑把他的迦西闹震了,而疾病终于不退。一个恶神苦恼着他那奇瘦的身体。不费一点力就把他的肚皮用一条绳子勒得紧紧的!登多诺岂不能把人家打算将它限制在那里的界限超过吗?

况且,一天一天的,那肚皮更是腐坏了。吮血的苍蝇,蓝的,绿的,黑的大腐马都在那流着涎而鼓起的伤痕上汹涌。

无论什么都不能把登多诺的恶咒战胜,不管是冷水热水的洗濯,不管是被除,不管是一些浸在口唾里用来治疗的草,不管是牛粪的敷治,不管是红铁的烙熨,都不中用。

就是地汝马也因伤处的臭气太利害,不再舐它主人的伤了。

它已把它的犬职尽了。既然没有做的,它还能做什么?

因为情形很失望,大家便去问道于司令官。

司令官做得很亲热的样子。别人问后,他便用着一种和蔼的声口回说霸都亚纳定会溃烂而亡,并且众门比都会同他一样的死。

于是,魔法也丢了,被除之法也丢了,符箓也丢了。香袋子也舍了,巫师的药也舍了,习用的蟋蟀也舍了。顽肱喀的人也跑了!唱挽歌的女人也躲了!霸都亚纳定要死的。大家业已把他的财产抢光了。

霸都亚纳宜乎是有幸福的!你的临命痛苦不是不中用。它可以把你应得的一大堆东西,而且是你再想不起的,把那一伙人弄来永永的记念你!

大家把粟米从你仓里夺去了,把你的畜群劫掠了,把你的兵器偷走了。大家尚未抢去你的妇人们,这已算是正直得了不得。但是你只管放心。她们的命运已决定了。许久以来她们已被安排好了的!……

霸都亚纳微微的呻吟着。

他梦见了什么?他只是在做梦吗?这一夜里,他可知道几乎没一个人在他的身边,在他的迦西中?

既然他已在发谵语,既然在呻吟,他便不能知道除了地汝马,比西宾纪,耶西敢稼而外,无论何人都把他抛弃了,就是他的甲必丹等,就是他的亲人等,就是他的妇人们,就是他与妇人们共生的孩子们,都跑了。

因此，他全不晓得比西宾纪与耶西敢稼都在他的迦西中，分坐在火的两边，而火已再不暖他，再不暖霸都亚纳了。他也不知道那褐毛小狗地汝马，正头接着尾，在树胶筐子上打着鼾——而且，他已听不见比西宾纪曾粗鲁的把耶西敢稼拖到他的手臂中，甚至也听不见山羊的啼声，也听不见鸭子们把颈项长长的向着山羊这方，觉得很奇怪的，做着那菩沙——菩沙——菩沙的声音。

他打着谵语。

在他谵语中间，把他从前责备过白种人的一些话——撒诳，暴虐，缺乏正谊，虚伪等等，不止说了一次。

已没有邦达族人，已没有莽的亚族人，也没有白种人，也没有黑种人。只有人。而且人们都是弟兄。

不应该偷盗，不应该打他的邻人。战争与野蛮行为只是一件事。人家岂不曾迫着黑人去分任过白种人的野蛮行为，迫着为白种人而往极远的战场上去杀过人么！凡反抗的，人家便一条绳子系在他们的颈上，便鞭打他们，便把他们投到狱中去！

走啊，齷齪的黑人！走，去死了罢！……

寂静了好一会。

地汝马便来闻嗅它的主人。

地汝马，它感觉了些什么？谁告知它说分别就是眼前？它岂打算逼近身来，听一听那个或者在黑暗的灵魂中，有所追悔之人的声音吗？岂是那老天性在它身上冲动吗，就是当众畜生中间之一要死时，其他的畜生便只好停了争斗，用一种苦恼的鼻子，向它们以为从此再不遭逢的那方向，无声无息的把草分开，难道冲动它的就是这种老天性吗？人家可不知道。它依旧在一动之后，做着一种丑脸蹲踞着，把鼻头长伸在前爪上，背脊向着火。

耶西敢稼与比西宾纪瞅着霸都亚纳，一面摇着头。

她问道："姑组？他死了吗？"

他答道："没有。还不曾哩。"

他们遂微笑起来。

他们彼此懂得了。独自在世界中，当着他们命运的主人翁，再没有一个人能禁阻这一个不是那一个的。

霸都亚纳，鼻翅已陷了下去，正喘息着。

温馨的生活，人生最好的一顷时呀！比西宾纪走到耶西敢稼身边，把她抱着，并把她屈服在愿欲的紧搂之下，取得了她肌肉的占领权……

霸都亚纳，你纵然就坚持着不打算死，也是无益的了！你瞧，只有他们是存在的！他们已把你抹煞了！你再不要算计他们。

但是，你的临终喘息何以会止住了呢？

哈！你的眼睛睁开了，你的眼睛已睁开了，而且，你，你竟伸出被单之外，奇瘦以极，你竟起来了！

你还伸着两手，摇摇摆摆的向前走来，仿佛那学步的孩子一样！

你往何处去？向着比西宾纪与耶西敢稼走去吗？直到最后

一口气你还是嫉妒吗？霸都亚纳，既然你快死了，难道还不能让他们安安静静的吗？

他们已记不得他们是在什么地方了！他们没有看你，或者，还不曾看见你。所以他们尚未……

这就是你的工作了！你很高兴的，是不是？高兴他们忙忙慌慌的贴住墙壁，而手脚牙齿都骇得打抖！

然而你，唉！冷喀苦拉，也就由于你适才的努力便把你结果了，把你自己杀了，一下你就倒在地上，就如一株大树倒下的一般……

鸭子们听见这声音都乱叫起来，母鸡们也不安宁，山羊们都随意的跑了。地汝马仍照常呜咽着而不睁眼。而白蚁们已许久许久的走进它们黄土隧道中，正窸窸窣窣的在爬走。但耶西敢稼与比西宾纪业已向黑夜中逃跑了。

这些喧声逐渐平静下去。畜生们又睡熟了。霸都亚纳，这时只有那寂寞在看守你，只有那绝端的静在看守你。伟大的夜临在你的身上。睡了罢！

睡了罢……

翻译霸都亚纳以后

我之翻译《霸都亚纳》，并没有这样的成见：以为它是一部黑人做的书，一部为非洲中部被压迫的黑人鸣不平的书。

也没有这样的成见：以为它是受过法国龚枯尔文学奖金——一千九百二一年的奖金——曾经轰动过一时的书。

简单言之，我之翻译它，实在因了感兴那描写的真实，深切，自然。

用法文描写非洲事情的书，在《霸都亚纳》出世之前，据我看过的，少也有十来种，白种人的描写，到底是隔了一层膜，不怕他们蓄意遣笔是怎样的真诚。黑种人做的也不少，但都不及《霸都亚纳》的明快，其原因，就以《霸都亚纳》的作者不仅仅是个有能力的小说家，并且是一个爱美的诗人。

《霸都亚纳》因何而作？作者的自序上已说得明白，无须我再说；并且，只要读者把这册翻译的东西看完，所知道的，一定还比单从它自序上得来的为多。

我在这里要告诉读者的，只是《霸都亚纳》的作者的一点儿略历。

不过马郎在法国文学界中尚未博得赫赫的大名，说及他身世与出处的东西并不多，我虽同他在有意无意之中会过一面，也未便开口就问人的身世；这里所说的，只凭他法国朋友波格（Léon Bocquet）给他第二部小说 *Le petit roi de Chimérie*[1] 作的一篇序言上节译下来的：

马郎于一千八百八七年十月五日生于中美洲法属的一个岛上，他的故乡本是非洲，他的父亲彼时正在这岛政府的总秘书处当书记，生他时，他父亲才十二岁。他的母亲比他的父亲小两岁[2]，是一个黑白两种的混血儿。

一千八百九十年，他的父亲调为中非洲法属迦珊（Gabon）的行政员，马郎受不住那地方的水土与气候，于一千八百九十四年，便被送到法兰西，读书于波尔多国立中学校的分校打郎士学校。他初到法国，自然是极孤独的；后来在数学上连得了几次首奖，而法文的写作又甚为教授们称誉，然后才免去了许多无谓的轻蔑，表示出一个非洲人的聪明才智起码也与欧洲人是一样的。

一千九百零五年，与他同到欧洲的一个兄弟，也是一个极能做学问的少年，不幸短命死了，这是使他悲病几死的一个关头。

这时，他读书已很多，尤其使他感兴的就是诗与小说。不幸到他刚要到大学文科去进修时，他父亲忽然害起病来，与他在一处的两个少弟的教育责任，因就落在他的肩头上。

然而，因为物质上的需要，使他不能不离去波尔多而往非洲，在乌邦纪（Oubangui）殖民地官署中去充当一名下级的职员，这是一千九百一十年的事。次年升任邦纪（Bangui）城的警察署员，又次年才请了一个短假重到法兰西，恰又遇见他

1.《奇美拉的小国王》。——编者注
2. 父亲十二岁，母亲小两岁，应为十岁。原文如此，姑存一说。——编者注

父亲的死，因为财政地位的危险，遂又一直跑回非洲，往格利马利（Grimari）去了。

马郎虽在任事之中，虽在苦恼之中，但他文学上的兴趣依然很浓，每日除了正经事外，便是读书作诗。

以后的几年，马郎在法属非洲流转了好些地方，得了许多新的知识，他母亲也死了；于一千九百一十二年，他便学起他故乡的语言来；他故乡的语言很复杂，他现在学的是邦达族语（Langue banda），据他自己说，这种语言比普通的桑果族语（Langue Sango）难得多，然而要深切懂得他乡人的心性与习俗，终不能不学好。同时，他已在准备后来这部《霸都亚纳》的材料。

据说，霸都亚纳这个人并不是他创出的，实在真有其人，不过名字叫作瓜拉（Goara），也确乎是邦达族中一个有力的首长；他与马郎来往甚久，凡霸都亚纳与其他邦达族人的心情与思想，都是瓜拉告诉他的。

他自一千九百一十年返到非洲，一住就是十年，方回到他最思念的波尔多；其后，在巴黎住了一年，复又回到非洲，作了一次辛苦的大旅行。他的得名的作品《霸都亚纳》于一千九百二十一年出版，出版几个月便博得龚枯尔文学奖金，其时，马郎方在撒哈拉大沙漠的南端一个有名的城中。

以上这些话都是自波格的序中节出来的，但一千九百二十四年我会见马郎却在巴黎，他究是什么时候由非洲重回法国？我却不知道，可是也无关紧要，我并不想给马郎作传。

原书只是分十二章，至于每章之下所列的一些小题目，是我添上去的，意思只是想把一章的内容标得更清醒一点而已。

李劼人

一千九百二十七年二月记于成都

René MARAN © Batouala, 1921
Preface by Amin MAALOUF
© Éditions Albin Michel – Paris 2021
2024 SHANGHAI TRANSLATION PUBLISHING HOUSE (STPH)
All rights reserved.

入选"十四五"国家重点出版物图书出版规划

图书在版编目（CIP）数据

霸都亚纳 /（法）赫勒·马郎著；李劼人译；袁筱一，许钧主编. -- 上海：上海译文出版社，2024.8.（非洲法语文学译丛）. -- ISBN 978-7-5327-9559-8

I. I565.45

中国国家版本馆 CIP 数据核字第 2024L7Q746 号

霸都亚纳

［法］赫勒·马郎 著　李劼人 译
责任编辑 / 黄雅琴　装帧设计 / 周伟伟
上海译文出版社有限公司出版、发行
网址：www.yiwen.com.cn
201101　上海市闵行区号景路 159 弄 B 座
上海盛通时代印刷有限公司印刷

开本 889×1194　1/32　印张 5.375　插页 2　字数 77,000
2024 年 8 月第 1 版　2024 年 8 月第 1 次印刷
印数：0,001—2,000 册

ISBN 978-7-5327-9559-8
定价：58.00 元

本书中文简体字专有出版权归本社独家所有，非经本社同意不得转载、摘编或复制
如有质量问题，请与承印厂质量科联系. T：021-37910000